dtv

Stefan, Kind reicher Eltern, dem alles leichtfällt, und Elisabeth, vom Schicksal weniger begünstigt, haben im Sommer Abitur gemacht. Gegen Ende der Schulzeit hatten sie eine flüchtige Beziehung, jetzt treffen sie sich auf dem Flug nach Afrika zufällig wieder. Während Stefan das Strandleben genießt und in einer Bar ein einheimisches Mädchen aufreißt, will Elisabeth das fremde Land verstehen. Sie freundet sich mit einem Lehrer aus ihrer Reisegruppe an, der ihr die historischen Hintergründe erklärt, und der einheimische Guide Ndou führt sie durch die ärmsten Viertel. Dabei lernt Elisabeth, die Welt und ihr eigenes Leben mit anderen Augen zu sehen.
Bereits in Henning Mankells erstem Afrika-Roman sind seine späteren großen Themen versammelt: die Schönheit der Natur, die Überlebenskunst der Einheimischen, die Gedankenlosigkeit der weißen Touristen und die Nachwirkungen des Kolonialismus.

Henning Mankell, geboren 1948 in Härjedalen, war einer der großen schwedischen Gegenwartsautoren. Sein Werk wurde in über vierzig Sprachen übersetzt, es umfasst etwa vierzig Romane und zahlreiche Theaterstücke. Nicht nur sein Werk, sondern auch sein persönliches Engagement stand im Zeichen der Solidarität. Henning Mankell lebte abwechselnd in Schweden und Mosambik, wo er künstlerischer Leiter des Teatro Avenida in Maputo war. Er starb am 5. Oktober 2015 in Göteborg.

Henning Mankell

Der Sandmaler

Roman

Aus dem Schwedischen
von Verena Reichel

dtv

**Ausführliche Informationen über
unsere Autoren und Bücher**
www.dtv.de

www.mankell.de

Ungekürzte Ausgabe 2019
dtv Verlagsgesellschaft mbH & Co. KG, München
Lizenzausgabe mit Genehmigung des Paul Zsolnay Verlags
© 1974 Henning Mankell
Titel der schwedischen Originalausgabe:
›Såndmalaren‹ (Författarförlaget, Stockholm 1974)
© 2017 der deutschsprachigen Ausgabe:
Paul Zsolnay Verlag, Wien
Umschlaggestaltung: Katharina Netolitzky
unter Verwendung von Fotos von gettyimages und Freepik
Satz: C.H.Beck.Media.Solutions, Nördlingen
nach einer Vorlage von Eva Kaltenbrunner-Dorfinger, Wien
Druck und Bindung: CPI books GmbH, Leck
Gedruckt auf säurefreiem, chlorfrei gebleichtem Papier
Printed in Germany · ISBN 978-3-423-21752-1

»… es dämmert ein Tag für die
Verdammten dieser Erde …«

Für das Dalateatern

Stefan und Elisabeth

Es begann in Kastrup, dem Flughafen außerhalb von Kopenhagen. Am Tag zuvor hatten sie gefeiert und dann am Sonntagmorgen die Fähre über den Sund genommen, um Elephant-Bier zu trinken und den Tag zu verbummeln.

Auf der Hinreise waren sie zu siebt, aber dann trennten sich ihre Wege, und nur Stefan und Elisabeth hatten die Idee, nach Kastrup hinauszufahren. Der Gedanke kam ihnen, während sie in einer dieser merkwürdig stillen Gassen gleich hinter der Flaniermeile Ströget standen und sich umarmten. Stefan sagte gerade etwas zu Elisabeth, als ein Jet über sie hinwegdonnerte und seine Worte übertönte.

Sie nahmen den Bus nach Kastrup.

Es wehte ein scharfer Wind, während sie zur Besucherterrasse des Flughafens gingen, und wenn die Flieger abhoben, schmerzte der Lärm in den Ohren mehr als das Dröhnen in einer Diskothek.

Sie schlenderten herum und redeten darüber, wie es wäre zu verreisen. Stefan wollte sofort nach dem Schulabschluss in gut einem Monat abhauen. Elisabeth sagte, dafür fehle ihr das Geld.

»Mein Vater hat genug«, entgegnete Stefan und beobachtete eine SAS-Maschine aus Paris, die gerade unterhalb der Besucherterrasse in Parkposition rollte.

»Meiner nicht«, erwiderte Elisabeth.

Viel mehr sprachen sie damals nicht. Sie trieben sich eine Stunde lang in Kastrup herum, zählten die Flugzeuge und stemmten sich gegen den Wind. Dann nahmen sie den Bus zurück zum Hafen und erreichten pünktlich die Fünf-Uhr-Fähre.

Aber im Jahr darauf, nachdem die Reise sechs Monate hinter ihnen lag, waren sie der Meinung, alles hätte wohl damals in Kastrup begonnen. Elisabeth besaß sogar noch ein Bild, das sie in einem Fotoautomaten gemacht hatten, eng aneinandergeschmiegt, und sie bestand darauf, dass es damals in Kastrup aufgenommen worden sei. Aber Stefan konnte sich nicht erinnern. Sie saßen an einem Schachtisch in der Bibliothek, in der Elisabeth Arbeit gefunden hatte, und es fiel ihnen merkwürdig schwer, sich miteinander zu unterhalten. Elisabeth drehte die weiße Königin zwischen den Fingern, während Stefan versuchte, einen schwarzen Springer auf den Kopf zu stellen. Schließlich verabredeten sie sich für den nächsten Tag, um sich die Fotos anzusehen, die Elisabeth auf der Reise mit ihrer Instamatic geknipst hatte. Stefan kannte sie noch nicht.

Das einzige Bild, das Stefan wie selbstverständlich in Erinnerung hatte, war jenes, das er heimlich von Elisabeth gemacht hatte. Damals, als sie im Sand lag, die Arme über den Kopf gelegt, und schlief.

Und das war das Bild, an das er dachte, als er mit Elisabeth die Bibliothek verließ.

Als sie zum ersten Mal nach Kastrup fuhren, ein Jahr vor der Reise, gingen sie auf dieselbe Schule und in dieselbe Klasse, die neunte. Es war ihr Abschlussjahr. Stefans Vater besaß mehrere Autowaschanlagen, er war wohlhabend. Stefans ältere Schwester war ein ziemlich bekanntes Model, das oft in der *Femina* oder in einer anderen Illustrierten zu sehen war, was Stefans Ansehen zusätzlich erhöhte.

Überhaupt schien Stefans Leben nicht besonders kompliziert zu sein, und die Dinge gingen ihm leicht von der Hand. Er redete gern mit Leuten, und wenn es nötig war, konnte er sich auch in der Schule richtig anstrengen. Da er immer genug Geld hatte, war er stets einer der Ersten, wenn es darum ging, etwas zu kaufen oder zu unternehmen. Obendrein war er großgewachsen und hatte fein gezeichnete Gesichtszüge und herrlich dichtes Haar.

Elisabeth hingegen hatte es immer etwas schwerer gehabt. Ihr Vater war Vertreter für bestimmte Schulbücher, die sich nicht besonders gut verkauften, und das hatte ihn im Lauf der Jahre nervös gemacht. An den Wochenenden wurde es zu Hause oft etwas lauter, und Elisabeths Mutter trank Wermut, um sich zu beruhigen. Aber das größte Problem war, dass Elisabeths jüngere Schwester behindert war. Sie hatte eine Muskelerkrankung, die sich mit jeder Woche verschlimmerte. Daher konnte sie nichts mehr selbständig machen. Ihre Muskeln hatten keine Kraft mehr, und sie saß schlaff in einem speziell angefertigten Stuhl. Jetzt war sie fünf Jahre alt, und allmählich konnte man sie nur noch sehr schwer tragen. Sie würde wohl nicht mehr lange leben, und die Familie hoffte darauf, sie bis zum Ende zu Hause pflegen zu können. Eigentlich war es Elisabeth, die sich das wünschte. Einmal hatte sie angefangen zu weinen und gesagt, sie werde sich selbst um sie kümmern, wenn die Eltern das nicht schafften. Sie hatte gehört, wie ihre Eltern über ein Heim für solche Menschen gesprochen hatten. Aber seitdem war darüber kein Wort mehr gefallen.

Elisabeth war immer eingetrichtert worden, wie wichtig es sei, die Schule abzuschließen, und sie hatte sich das auch immer fest vorgenommen. Aber im letzten Jahr hatte sie sich in den Zeitungen informiert, über die Berufswahl nachgedacht, und vor allem mit ihren Freundinnen darüber geredet, dass es schwierig sein würde, Arbeit zu finden, wie viel Mühe man sich auch gab.

Damals hatte sie Meteorologin werden wollen, sich mit Wind und Wetter beschäftigen, aber jetzt war sie nicht mehr sicher.

Und dazu kam natürlich die ganze Mühsal, die es bedeutete, ein Mädchen zu sein. All die Fragen, wie man mit den Jungen umging, mit Verhütungsmitteln, mit den Geheimnissen vor den Eltern, mit der eigenen Unsicherheit und mit einem hartnäckigen Pickel am Kinn.

Nachmittags nach der Schule lag sie oft stundenlang auf ihrem Bett und träumte. Das tat sie systematisch, und sie konnte sich beliebig lang in dem Traum bewegen. Eine Weile phantasierte sie sich in verschiedene Arbeitsstellen hinein. Dabei kam sie auf den Gedanken, Meteorologin zu werden, gerade weil es so schwer war, davon zu träumen. Darauf folgte eine Periode mit Heldinnen- und Opferträumen wild durcheinander. Mal stand sie vor einer Mauer, und es wurde aus allen Winkeln auf sie gefeuert, und sie dachte an die Gefühle der Hinterbliebenen, mal war sie die Chefin in einem großen Unternehmen, das sie souverän leitete.

Und dann war da natürlich der Gedanke an den Tod. Sie selbst, die Schwester, die Eltern, die Freunde würden sterben. Mit diesem Traum beschäftigte sie sich oft so lange, bis sie anfing zu weinen. Das geschah meistens kurz vor dem Abendessen.

Zwischen ihr und Stefan gab es damals keine engere Beziehung. Sie trafen sich, hatten zweimal miteinander geschlafen, es war nicht gerade fulminant gewesen, aber auch nicht unangenehm, kein heulendes Elend am Tag danach, und er gefiel ihr viel besser als die anderen Jungen. Das Ärgerliche an Stefan war nur, dass ihm alles zu leicht fiel. Er hatte keine Probleme, fand Elisabeth, und wie sollte sie da von ihren eigenen reden.

Später im Herbst sahen sie sich seltener. Stefan war in Stockholm und arbeitete für seinen Vater, und Elisabeth hatte enorme Schwierigkeiten, überhaupt einen Job zu finden. Im Oktober bekam sie eine Stelle als Vertretung in einem Kindergarten in Landskrona, und da beschloss sie, im November irgendwo hinzureisen, wenn sie wieder arbeitslos sein würde. Ein paar Wochen im Ausland könnten sie vielleicht auf Ideen bringen, was sie mit ihrem Leben anfangen sollte.

Im Bus nach Landskrona las sie Reisebroschüren. Und an einem Donnerstag auf dem Heimweg entschloss sie sich zu einer Reise nach Afrika. Zu dieser Jahreszeit war das nicht besonders teuer, und es kam ihr spannender vor als Spanien. Sofort begann sie, sich impfen zu lassen, und besorgte sich einen Reisepass. Überraschenderweise hatten ihre Eltern nichts einzuwenden. Offenbar lief das Geschäft mit den Schulbüchern besser. Der Vater war sogar ganz angetan und erzählte von seinen Reisen in Schweden. Die Mutter meinte lediglich, es könnte zu heiß werden, und schloss eine Krankenversicherung für sie ab. Sie hatte gerade in der Zeitung von einem Mädchen in Elisabeths Alter gelesen, das da unten in der Hitze in einem Hotel gestorben war, und zwar offenbar, weil es keine Auslandsversicherung hatte.

An einem Abend im November begleiteten die Eltern sie hinunter zur Fähre und winkten, als sie ablegte. Elisabeth setzte sich in die Bar. Sie fröstelte vor Reisefieber, und es fiel ihr schwer, an etwas Bestimmtes zu denken. Ihr gegenüber saß ein Typ, der so besoffen war, dass er sich kaum aufrecht halten konnte. Er saß da und zog am Tischtuch, um ein paar Falten zu glätten. Aber je mehr er zog, umso mehr Falten wurden es, und damit fuhr er fort, bis die Fähre angelegt hatte. Erst als sich Elisabeth erhob, schaute er mit trübem Blick zu ihr auf.

Im Bus zum Flughafen bekam sie ihre Tage, und sie musste sich erst eine Weile auf der Toilette frisch machen, ehe sie sich mit dem Einchecken und dem Drumherum befasste. Da kam die Durchsage, dass die Maschine vier Stunden verspätet sein würde, aber das machte ihr eigentlich nicht viel aus, denn sie hatte es nicht eilig und konnte so die Vorfreude auf die Reise auskosten. Aufgrund der Verspätung würde der Flieger erst mitten in der Nacht abheben, und sie stellte ihren Koffer in ein Gepäckfach und ging auf die Besucherterrasse. Dort spazierte sie eine Weile herum und genoss es einfach, ehe sie in einem der Cafés in der Wartehalle einen Imbiss bestellte.

Das Sonderbare geschah genau eine halbe Stunde vor Abflug der Maschine, als Elisabeth sich zu ihrem Gate aufmachte, das sie sich sorgfältig eingeprägt hatte. Dort hatten sich schon einige Leute versammelt, und sie begann, ziemlich nervös zu werden. Sie fürchtete, nicht mitgenommen zu werden, weil irgendetwas mit dem Ticket oder dem Pass nicht stimmte oder mit den Spritzen, deren Einstiche noch immer im linken Arm brannten. Der Wartesaal lag zu dieser späten Stunde verlassen da, und die Neonleuchten an der Decke tauchten ihn in ein zu grelles Licht.

Zuvor hatte sie noch dort gestanden und das Gesicht an eines der großen Fenster gedrückt, die auf den betonierten Flugplatz hinausgingen, wo die Maschinen warteten. Sie hatte sich in der dunklen Fensterscheibe gespiegelt und auf die Startbahnen geschaut. Draußen war es pechschwarz, und die gelben Lampen schwangen im Wind. Sie sah einen Mann mit einem Gepäckwagen, der abrupt stoppte und zurücksetzte, um einen Schraubenschlüssel aufzuheben, der ihm heruntergefallen war. Mit dem Blick suchte sie nach der Maschine, mit der sie fliegen würde, aber sie konnte nicht entdecken, welche wohl die richtige war. Es wehte ein starker Novembersturm, und sie spürte die Kälte durch die Scheibe.

Schließlich sah sie auf ihrer Uhr, dass sie in genau einer halben Stunde fliegen würde, und als sie zu ihrer Reisetasche ging, entdeckte sie Stefan.

Zuerst standen sie nur da und starrten einander an, fünfzehn Meter voneinander entfernt. Sie hatten sich genau gleichzeitig erblickt. Stefan war gerade dabei, den Reißverschluss seiner Umhängetasche zu öffnen, Elisabeth hielt mitten im Schritt inne.

»Na so was! Hallo!«, rief Stefan als Erster.

»Hallo.«

»Was machst du denn hier?«

Und dann standen sie voreinander, mitten in der Wartehalle.

»Fliegst du irgendwo hin?«, fragte Stefan.

»Ja. Nach Afrika.«

»Ich auch. Schön. Jetzt? Heute?«

»Ja. In fünfundzwanzig Minuten.«

»Dann fliegen wir zusammen. So ein Zufall. Wann bist du hergekommen?«

»Gegen sieben.«

»Ich hab im City-Terminal in der Stadt von der Verspätung gehört. Da war noch Zeit für ein paar Bier.«

»So, so.«

Sie wussten beide nicht so recht, ob sie den Zufall komisch oder großartig finden sollten. Oder ob er sich vielleicht als eine Enttäuschung entpuppen würde.

Wieder sprach Stefan als Erster.

»Dann unternehmen wir die gleiche Reise. Wie lange wirst du weg sein?«

»Vierzehn Tage.«

»Ich auch. Das ist ja toll!«

Letzteres klang aufrichtig, und Elisabeth entspannte sich. Sie gingen zusammen zu ihrem Handgepäck und stellten sich in die Warteschlange, die sich in Bewegung gesetzt hatte. Dabei sprachen sie nicht viel. Jetzt nahmen die Dinge ihren Lauf, und es reichte, manchmal ein wenig zu lächeln.

In der Schlange, dicht nebeneinander in wachsender Spannung, dann die Treppe hinunter, und draußen nahm ihnen der Novembersturm den Atem, kurz bevor sie das Flugzeug betraten. Mit hundertfünfunddreißig Personen war die Maschine voll besetzt. Eine Menge Gesichter und Mäntel, Taschen und Gedränge. Als sie ihre Sitzplätze eingenommen hatten, sagten sie fast gleichzeitig, dass es hier verdammt eng werden würde.

Doch schon kurz darauf begann die Maschine zu rollen, bis sie mit irrsinniger Energie in die Dunkelheit hineinraste. Im Novembersturm schaukelte und schlingerte sie durch die Wolken, und Stefan lag halb über Elisabeth, nur um festzustellen, dass durch die Scheibe nichts mehr zu sehen war. Elisabeth hatte einen Fensterplatz, Stefan den mittleren. Auf dem Gangplatz saß ein voluminöser Däne, der anfing zu singen, als die Maschine abhob.

Elisabeth versuchte, die Eindrücke zu sortieren, und ihr schoss ein Bild durch den Kopf: Sie stand mit Stefan auf der Besucherterrasse und sah ihnen beiden dabei zu, wie sie durch die Nacht davonflogen.

Stefan zündete sich als Erster eine Zigarette an, als das Verbotsschild erlosch.

Dann begannen sie sich zu unterhalten. Zuerst wollte Stefan erzählen, was er nach der Schule gemacht hatte. Elisabeth beobachtete unterdessen die Mitpassagiere, die Stewardessen und Stewards, die durch den Gang glitten, lauschte dem Gemurmel und blickte aus dem Fenster, obwohl draußen alles schwarz war. Sie fühlte sich Stefan gegenüber unsicher. Dabei hatte sie nicht besonders viel an ihn gedacht, seit sie sich das letzte Mal getroffen hatten, ein paar Tage nach dem Abitur, als er gesagt hatte, er wolle nach Stockholm, und sie geschwiegen hatte, weil sie noch nicht wusste, was sie selbst machen würde. An diesem letzten Schultag herrschte eine gewisse Unsicherheit. Was man auch von der Schule gehalten haben mochte, sie hatte doch eine Art Geborgenheit geboten. Eine Routine, zu der man Tag für Tag zurückkehren konnte. Jetzt gab es die nicht mehr, und das ganze Gerede davon, wie schön der letzte Tag sein würde, klang plötzlich ein wenig hohl.

In der ersten Woche war es ja noch erträglich. In den Nächten unterwegs sein, bis um halb zwei schlafen, keine Zeiten einhalten müssen. Aber dann überkam einen eine Leere und man begann, nach etwas zu suchen, was einem Halt bieten konnte. Aber Stefan hatte es wieder so leicht wie üblich. Er haute einfach nach Stockholm ab, um für seinen Vater zu arbeiten.

Also war Elisabeth sich jetzt nicht ganz sicher, was sie von dem Wiedersehen mit Stefan halten sollte. Vielleicht wäre es spannender, allein zu reisen. Aber andererseits konnte es ja auch ganz nett werden.

Elisabeth schaute ihn von der Seite an, wie er da auf dem Mittelsitz saß und rauchte. Er war wie immer. Sichere Blicke, sichere Bewegungen, die Zigarette auf seine spezielle Art zwischen Ringfinger und kleinem Finger eingeklemmt. Niemand würde glauben, dass er erst siebzehn war. Er wirkte mindestens wie zweiundzwanzig. Elisabeth aber, von der man sagte, sie sehe aus wie neunzehn, war auf dieser Reise zweifellos die Jüngste.

Der Däne neben Stefan war fast glatzköpfig und ein Koloss. Elisabeth und Stefan kicherten vielsagend, als sie sahen, wie er in dem Sitz klemmte. Er hatte sein Jackett ausgezogen und saß in Hemdsärmeln da, obendrein mit diesen lächerlichen Ärmelhaltern. Und er summte ständig irgendwelche Lieder. Ungefähr nach einer halben Stunde, als die Leute es sich auf ihren Sitzen bequem gemacht hatten und der Service gerade in Gang gekommen war, wandte er sich Stefan und Elisabeth zu, bot ihnen Süßigkeiten aus einer Plastiktüte an und begann sie auszufragen, woher sie kämen und lauter solche Dinge. Elisabeth verstand kaum, was er sagte, und vermutlich begriff auch Stefan nicht besonders viel, obwohl er auf seine selbstsichere Art antwortete. Dann wollte der Däne, der Jørgensen hieß, ihnen ein Foto zeigen, und es kostete ihn einige Mühe, bis er die Brieftasche aus der Gesäßtasche gezogen und ein abgegriffenes und zerkratztes Bild herausgeholt hatte. Darauf waren verschwommen vier Männer vor einer Feuerwache zu erkennen. Vier Männer mit Brandhelmen, und ganz rechts stand Jørgensen. Soweit es Elisabeth verstand, war er Mitglied in einer Art Klub für Liebhaber von Feuerwehrautos.

Allmählich begann er ein wenig lästig zu werden, und als die Stewardess kam, nahmen Stefan und Elisabeth die Gelegenheit wahr, sich von dem Feuerwehrmann abzuwenden und ihre Getränke zu bestellen. Stefan wusste sofort, was er wollte. Typisch für ihn, dachte Elisabeth. Immer so bemüht, nonchalant zu wirken, dass er es nicht wagt, etwas anderes auszuprobieren. Sie selbst bestellte Saft, damit ihr nicht übel wurde, was ihr nach Schnaps und Bier oft passierte. Stefan hingegen nahm ein Bier und einen dänischen Schnaps. Wenn er jetzt bloß nicht betrunken wird, dachte Elisabeth. Sonst wird er unangenehm geschwätzig.

Schon jetzt fühlte sie, dass sich diese Reise nicht so entwickelte, wie sie es sich vorgestellt hatte. Als sie in den letzten Wochen davon geträumt hatte, war alles ganz anders gewesen. Das Flugzeug hatte andere Farben gehabt, die Mitreisenden hatten anders ausgesehen, es hatte anders gerochen, und vor allem war sie allein gewesen, war gereist, ohne einen einzigen Menschen zu kennen. Und jetzt saß Stefan hier. Nichts kommt so, wie man es sich vorgestellt hat. Hoffentlich wird es später besser, dachte sie, und in diesem Moment wurden sie schon bedient.

Es war fürchterlich eng in den Sitzreihen, und sie mussten sich beim Essen abwechseln, während sie die Sandwiches mit Garnelen und sonstigem Belag aus der Plastikfolie schälten. Aber der Däne sang die ganze Zeit weiter, obwohl er in seinem Sitz feststeckte.

Nach etwa einer Stunde bekam Elisabeth allmählich einen Überblick über die anderen Passagiere. Viele wollten jetzt auf die Toilette im hinteren Teil gehen, und sie musterte jeden genau. Es waren ziemlich viele alte Menschen im Flugzeug, und ausnehmend viele lachten. Einige fingen wohl auch an zu trinken. Besonders zwei junge Typen schwankten mehrmals auf die Toilette und blieben unterwegs immer wieder stehen und begrüßten alle, an denen sie vorbeikamen. Der Däne gab ihnen jedes Mal die Hand. Sie grüßten auch Stefan und Elisabeth, aber Stefan antwortete ihnen ziemlich ruppig.

Es gab so viel zu sehen, dass Elisabeth kaum dazu kam, sich bewusst zu machen, dass sie gerade nach Afrika unterwegs war. Erst als der Flugkapitän ins Mikrophon sprach und erklärte, sie hätten gerade die deutsch-französische Grenze überflogen, wurde ihr mulmig und fast ein wenig unheimlich zumute. Stefan, der inzwischen ordentlich getankt hatte, meinte, jetzt gehe es ja endlich voran, und das sei gut so, damit sie auch mal ans Ziel kämen. Dann fing er an, auf diese verdammten Billigflieger zu schimpfen, in denen man zwischen halb vertrotteten Beamten wie in Sardinenbüchsen eingeklemmt hockte, und schwor, nie wieder wolle er sich auf diese Weise eingeengt fühlen. Auf einem Linienflug müsse man sich sicher nicht mit solchen Idioten aus Dänemark herumschlagen.

Letzteres sagte er zu Elisabeth gebeugt, damit Jørgensen es nicht hörte. Elisabeth kicherte und nickte, obwohl sie fand, dass Stefan gemein war und auf seine unerträgliche Art übertrieb. Aber sie wollte keinen Streit. Sie wusste, Stefan würde sie rasch mit seiner Beredtheit übertrumpfen, in der er sehr ausdauernd war. Elisabeth dachte eine Weile darüber nach, wie oft sie ihm eigentlich schon zugestimmt hatte, obwohl sie nicht seiner Meinung gewesen war. Das lag daran, dass es ihr schwerfiel, einfach so drauflos zu reden. Das war in der Schule schon so gewesen. Im Kreis der Mädchen hatte sie keine Probleme, aber sobald Erwachsene oder Jungen dazukamen, wurde es schwierig. So ging es den meisten Mädchen.

Stefan hatte jetzt ordentlich einen sitzen und musste auf die Toilette. Und als der Däne aufstehen wollte, um ihn hinauszulassen, wurde es wirklich lustig. Er riss fast den Sitz aus der Verankerung. Stefan erbot sich, über ihn hinwegzuklettern, aber der Däne wollte unbedingt aufstehen, und nach einer Weile gelang es ihm auch. Aber es sah zu komisch aus, wie er sich in die Höhe schraubte. Einer der Hosenträger verschob sich, das Hemd rutschte heraus, und das Netzunterhemd hing über seinem Hintern.

Als Stefan wiederkam, war er frisch gekämmt, aber immer noch ziemlich betrunken. Er begann zu erzählen, was er in Stockholm gemacht hatte. Er habe seinem Vater geholfen, alle Filialen zu kontrollieren, sagte er, und Elisabeth hatte das Gefühl, er wollte andeuten, dass er schon jetzt fast überall das Sagen hatte. Seine Protzerei ging ihr auf die Nerven, aber sie war natürlich auch eifersüchtig auf seine Selbstsicherheit, und darauf, dass ihm offenbar auch bei der Arbeit alles so leicht fiel. Dementsprechend war es ihr natürlich doppelt peinlich, als er fragte, was sie nach der Schule getrieben hätte, und sie musste ein paar Halblügen auftischen, wobei der Kindergarten in Landskrona nur nebenbei Erwähnung fand.

»Was willst du später machen?«, fragte Stefan schließlich.

»Weiß nicht«, sagte Elisabeth und schaute durchs Fenster in die Dunkelheit hinaus.

»Irgendwas wird es schon werden«, meinte Stefan. »Ich bleibe bestimmt noch eine Weile bei meinem Vater. Da lässt sich ordentlich Kohle machen.«

Elisabeth hatte Stefans Vater und seine Mutter bei mehreren Gelegenheiten getroffen. Die Schwester, das Model, kannte sie nur aus den Illustrierten. Stefans Eltern wohnten in einem riesigen Haus draußen in Limhamn. Großer Garten, zwei oder drei Autos. Stefans Mutter saß meistens auf dem Sofa und las, mit ihr kam man kaum in Kontakt. Stefans Vater hingegen war umgänglich, wenn er zu Hause war, und meistens war er etwas beschwipst. Dann kam er an und tätschelte einem die Wange und sah mit seinem Lächeln aus wie ein Weihnachtsmann. Er hatte eine stattliche Figur, und das war ihm wohl bewusst. Und er war freundlich, aber er konnte es sich auch leisten, nett zu sein.

Stefan war noch nie bei Elisabeth zu Hause gewesen. Überhaupt brachte sie selten Schulkameraden mit. Zum einen, weil es in der kleinen Dreizimmerwohnung recht beengt war. Zum anderen lag ihr Haus etwas abseits in einem Gebiet, wohin man nur ging, wenn man dort wohnte. Der Hauptgrund war jedoch, dass die Mitschüler ihre Schwester abstoßend fanden. Und Elisabeth konnte es nicht ertragen, wenn sich jemand vor ihrer Schwester ekelte.

Jetzt saß sie weit entfernt von zu Hause in der Dunkelheit in einem Flugzeug, und für einen Moment wurde ihr etwas mulmig, weil der Pilot durchsagte, sie seien unterwegs in einen Sturm und sie sollten die Sicherheitsgurte wieder anschnallen. Dem Dänen war das völlig egal. Er legte den Gurt nur auf seinen Bauch, und als die Stewardess herumging und kontrollierte, sah sie nicht, dass er mogelte.

Sie durchflogen Luftlöcher, und in der Maschine wurde es ganz still. Elisabeth lehnte sich ans Fenster und schloss die Augen. Sie wollte so tun, als würde sie schlafen, um ihre Ruhe zu haben und ein bisschen den Eindrücken nachzuspüren und zu träumen. Aber es flatterten nur Bilder vom Beginn ihrer Reise vor ihrem inneren Auge vorbei. Wie sie aufgebrochen war, sich von der Schwester verabschiedete, in der Fähre saß, und dort den Typen beobachtete, der an der Tischdecke zog.

Plötzlich stieß Stefan sie mit dem Ellbogen an.

»Schläfst du?«

»Nein.«

»Magst du ein bisschen quatschen?«

»Ja, klar.«

Also tratschten sie darüber, was die Schulkameraden jetzt so machten, wer mit wem angebandelt hatte und welche Paare noch zusammen waren, all der Kram, für den Elisabeth eine Mischung aus Neugier und Widerwillen empfand. Aber dann wurde es interessanter, als sich herausstellte, dass sie nicht in derselben Unterkunft wohnen würden. Stefan hatte ein superflottes Hotel gebucht, und Elisabeth erinnerte sich, dass es das teuerste von allen in der Broschüre gewesen war. Elisabeth selbst hatte das billigste Hotel genommen. Aber sie verabredeten, dass Stefan nachmittags zu ihr herüberkommen würde. Sie würden morgens ankommen, aber schlafen konnten sie auch später noch.

Schließlich fing Stefan wieder mit seinem blöden Gequatsche an. Idiotische Negerwitze über Riesenpimmel und dergleichen. Und draußen war es immer noch pechschwarz.

Allmählich wurde es Zeit für eine Zwischenlandung. Teneriffa vor Spanien. Das Rauchen einstellen, die Sicherheitsgurte anschnallen, wobei der Däne wieder schummelte. Elisabeth und Stefan beugten sich vor, um durch die Scheibe zu beobachten, wie die Lichter von unten auf sie zurasten. Mit einem Ruck setzte die Maschine auf dem Boden auf, und ein höllisches Pfeifen ertönte, als der Flieger abbremste. Dann mussten alle mit ihrem Handgepäck aussteigen, und es gab dasselbe Gedränge wie beim Einsteigen.

Aber für Elisabeth war alles spannend. Die erste Reise ins Ausland, und schon nach fünf Stunden in Spanien. Das war kaum zu fassen, und als sie aus dem Flieger stieg und die laue Nachtluft ihr entgegenschlug, verstummte sie völlig. Sie blieb eine Sekunde stehen, ehe sie von hinten in den Rücken geknufft wurde, dann ging sie die Gangway hinunter und folgte den anderen zur Transithalle. Stefan hatte sie im Gedränge verloren. Sie ging allein, lauschte der sonderbaren Sprache, die um sie her erklang, und schaute auf Schilder, die sie nicht verstand. Aber es war die schwarze spanische Nacht mit ihrer lauen Wärme, die sie am stärksten beeindruckte.

Dann wurde sie jäh aus ihren Empfindungen gerissen. Als sie die Treppe zur Transithalle hinaufging, fiel ihr ein Mann direkt vor die Füße. Er war ungefähr Mitte dreißig, und er stürzte einfach zu Boden und begann sich zuckend vor ihr herumzuwälzen. Es passierte so schnell, dass alle, die es sahen, zunächst wie erstarrt dastanden, bis schließlich einer der Passagiere reagierte. Er rief etwas. Elisabeth bekam Angst, und ihr wurde übel. Im Nu kamen spanische Polizisten angelaufen und stellten sich in einem Kreis um den Mann auf, der zuckend auf der Treppe lag. Dann kamen noch mehr Polizisten hinzu und bildeten einen Ring um die Kollegen, und sie tauschten laute Rufe aus und forderten die Passagiere durch Gesten auf, in die Transithalle weiterzugehen. Da beugte Elisabeth sich vor, obwohl sie am liebsten weggelaufen wäre. Einer der Polizisten schob sie heftig zur Seite, und sie bekam vor Angst weiche Knie. Alle anderen entfernten sich rasch von dem Mann, der in seinen Krämpfen auf der Treppe lag, aber sie verdrehten die Hälse, um ihn weiter beobachten zu können.

Endlich kam Hilfe. Ein alter Mann in einem Putzkittel zwängte sich zwischen den Polizisten hindurch, bückte sich und riss dem Mann, der da lag und um sich schlug, die Kiefer auseinander. Dann holte der Alte eine Pfeife aus der linken Tasche des Kittels und ließ den Mann auf den Pfeifenstiel beißen.

So viel konnte Elisabeth noch sehen, ehe sie ziemlich brüsk von den Polizisten weitergeschubst wurde und in die Transithalle stolperte, die von grellen Neonröhren beschienen war.

Sie setzte sich auf ein grünes Plastiksofa, ihr Herz raste vor Angst in ihrer Brust, und ihr war übel. Sie begriff, dass der Mann einen epileptischen Anfall hatte. Vor langer Zeit hatte sie etwas Ähnliches auf der Straße nach Malmö gesehen, aber das Erlebnis jetzt war sehr viel schrecklicher. Elisabeth spürte schmerzhaft, wie weit weg sie von zu Hause war.

In diesem Moment kam Stefan zu ihr und fragte, wo sie gewesen sei und ob sie nichts zu trinken haben wolle, hier würde nämlich mitten in der Nacht Alkohol ausgeschenkt. Als sie erzählte, was geschehen war, merkte sie, dass Stefan ihr kaum zuhörte.

»War er so verdammt voll?«, fragte er.

»Er ist krank. Es war schrecklich«, erwiderte Elisabeth.

»Na ja, hier wird es wohl ein Krankenhaus geben«, antwortete Stefan und fragte dann, ob er ihr etwas holen solle. Elisabeth sagte Ja, vor allem, um ihn loszuwerden, denn jetzt fand sie ihn richtig dämlich. Er ging, und gleich darauf kam der Kranke herein, gestützt von dem alten Putzmann. Schwer ließ er sich auf ein Sofa neben Elisabeth sinken, und sie sah, dass er ganz zittrig und erschöpft und außerdem traurig war. Der Alte tätschelte ihm die Wange und fing dann an, die Aschenbecher in der Wartehalle zu leeren. Er lächelte Elisabeth zu, und sie erwiderte das Lächeln. Sie überlegte, ob sie vielleicht zu dem Epileptiker hinübergehen und ihm anbieten sollte, etwas für ihn zu holen. Aber er sah sehr müde aus und wollte vielleicht einfach nur seine Ruhe haben.

Als Stefan mit einem Bier für Elisabeth zurückkam, sagte sie ihm nicht, dass der Mann auf dem Sofa nebenan derjenige war, der den Anfall gehabt hatte. Sie sagte überhaupt nichts, sondern nippte nur an dem Bier. Es war ein gutes Gefühl, als es schließlich Zeit für den Weiterflug wurde, und sie trabten in die Nacht hinaus, die immer noch genauso dunkel war.

Der letzte Teil der Reise verlief ziemlich trist, und alle waren müde. Stefan schlief, und Elisabeth starrte in ihrer Ecke vor sich hin. Sachte begann es zu dämmern, und unten am Boden nahm sie eine gelbe Fläche wahr. Es musste die große Wüste sein, die auf ihrer Route lag. Aber Elisabeth war jetzt zu erschöpft, um sich dafür zu interessieren. Sie saß einfach nur da und lauschte dem Brausen der Jetmotoren und der Klimaanlage.

Nach einer Weile verkündete der Kapitän, dass sie sich im Landeanflug befänden, und da kam in die meisten der Passagiere wieder Bewegung. Elisabeth hatte steife Beine, ihr Hintern war klebrig von Schweiß, und sie setzte sich eine Weile auf die Hände, um sich abzukühlen.

Stefan schlief. Der Däne schlief.
 Erst als die Stewardess sie anstupste, schnallten sie die Sicherheitsgurte an. Da befand sich die Maschine schon im Landeanflug, und jetzt strahlte der helle Morgen vor dem Fenster.
 Als sie ausstiegen, war die Hitze, die ihnen entgegenschlug, wie ein Schock. Es war erst halb acht, und die Sonne stand nicht besonders hoch am diesigen Himmel, aber dennoch fühlte sich die Kleidung sofort schwer an, und der Körper hatte Mühe, sich nach zehn Stunden von ein paar Minusgraden in Kopenhagen auf dreißig Plusgrade umzustellen.

Elisabeth schaute auf all die schwarzen Menschen, die um das Flugzeug herumliefen, das sich auf dem Platz wie ein Riesenspielzeug ausnahm. Es gab nur eine Lande- und Startbahn, die nicht aus dem üblichen ebenen Beton bestand, sondern mit Metallgittern belegt war, zwischen deren Ritzen Grashalme sprossen. Die Bahn war von einem zwei Meter hohen Stacheldrahtzaun umgeben. Der Flugplatz lag mitten im Busch. Die blassgrünen Grasbüschel waren mager, und ganz hinten war eine Baumkulisse zu erahnen.

Vor dem Zaun drängelten sich Erwachsene und Kinder. Lautstark kommentierten sie das Erscheinen der Passagiere, die aus dem Flugzeug stiegen. Nachdem Elisabeth wieder festen Boden unter den Füßen hatte, drehte sie sich um und betrachtete die Maschine, die sie von Kastrup hierherbefördert hatte. Sie empfand eine Art lächerliche Liebe für dieses Flugzeug, es erschien ihr schön. Dann stieß Stefan sie an, und sie folgten den anderen langsam zu einer Öffnung im Stacheldrahtzaun. Als Elisabeth sich umsah, stellte sie fest, dass alle etwas unsicher wirkten. Nur sehr wenige Passagiere gingen zielstrebig zum Ausgang. Die übrigen bewegten sich tastend und schlaftrunken.

Zuerst kam die Passkontrolle. Sie erfolgte an einem breiten Holztisch, der an den Esstisch zu Hause bei Stefan in Limhamn erinnerte. Hinter dem Tisch saßen drei Afrikaner in beigen Uniformen, und auf dem Tisch lagen Stempel und Stempelkissen. Elisabeth kramte vorsorglich ihren Pass aus der Handtasche, nervös, ob denn alles glattgehen würde. Ohne aufzublicken wusste sie, dass Stefan seinen

Pass nicht hervorholen würde, ehe nicht einer der Uniformierten auffordernd die Hand ausstreckte. Dann würde er nonchalant seine Hand in die Innentasche stecken, den Pass ohne Eile herausziehen und ihn vermutlich auf den Tisch werfen. Der Gedanke war irritierend, und zugleich fand Elisabeth es komisch, dass sie sich darüber Gedanken machte, direkt nach der Ankunft in Afrika. Ihr Pass war in Ordnung, und sie bekam einen Stempel, der sofort verschmierte, als sie zufällig darüberstreifte.

Danach kam die Impfkontrolle. Elisabeth schaffte es kaum, den Pass und ihren gelben Impfausweis wieder in die Tasche zu stecken, als sie schon von einer Menge kleiner Jungen im Alter von zehn bis zwölf Jahren umringt wurde, die ihr mit strahlendem Lächeln bekundeten, sie wollten ihre Freunde werden.

»I want to be your friend!«

All diese Kinder verunsicherten sie. Elisabeth schüttelte nur den Kopf und murmelte »No, no«. In dem Moment erblickte sie Stefan, der ebenfalls inmitten einer Traube von Jungen stand.

Sie ging zu ihm hin, die Jungen im Schlepptau.

Stefan schien die Situation leichter zu nehmen. Er sagte nicht »No, no«, sondern »Yes, yes« und lachte dabei. »Warum bin ich nur so unsicher?«, dachte Elisabeth. »Verdammter Mist.« Dann drängte sie sich zu Stefan durch und fragte, wo die Hotelbusse stünden. »Ich weiß nicht«, antwortete er. »Wir müssen sie wohl suchen. Aber das hier scheint lustig zu werden«, sagte er und nahm von einem der aufdringlichsten Jungen einen Zettel entgegen. Der Junge fragte, in welchem Hotel Stefan wohne, dann folgten eine Menge Kommentare zu Elisabeth.

»She is your wife?«

»What's her name?«

Und so weiter.

Und da, mitten in dieser Menschentraube, wurde Elisabeth traurig. Das alles war zu verwirrend. Ein einziges Durcheinander. Sie war müde, es war zu warm, aber vor allem fühlte sie, dass sie die Situation nicht unter Kontrolle hatte. Am liebsten hätte sie sich irgendwo verkrochen. Oder sich spontan in eine Schar von Mitreisenden gedrängt. Mitten hinein, umringt von einem kleinen Wald aus dänischen Touristen.

Die Rettung kam in Gestalt eines rot- und weißgekleideten Reiseleiters, der in ein Megaphon rief, dass alle Gäste willkommen seien und sich zu den Bussen begeben sollten. Auf den Bussen standen die verschiedenen Hotelnamen. Stefan und Elisabeth trabten über den verbrannten Boden und fanden ihre Busse. Rasch bekräftigten sie, dass Stefan am Nachmittag zu ihr kommen sollte.

Elisabeth zwängte sich ganz hinten in den vollbesetzten Bus und ließ sich neben eines der Fenster sinken. Jetzt bekam sie immerhin eine Atempause. Draußen winkten die kleinen Jungen, und sie sah, wie ihr Koffer in den Gepäckraum des Busses geladen wurde.

Als sie sich nach vorn drehte und die Mitreisenden betrachtete, stellte sie fest, dass sie die meisten während der

Flugreise nur flüchtig gesehen hatte. Die Einzigen, die sie sofort wiedererkannte, waren die beiden Typen, die ständig auf die Toilette gegangen und immer noch ganz schön betrunken waren. Sie saßen ganz vorn und ließen eine Whiskyflasche hin und her wandern. Auf die typische Art von Betrunkenen pöbelten sie einzelne Fahrgäste an. »Hoffentlich lassen sie mich in Ruhe«, dachte Elisabeth und versuchte, sich auf ihrem Sitz so klein wie möglich zu machen.

Außer diesen beiden erkannte sie den Mann, der bei der Zwischenlandung zusammengebrochen war. Er saß schräg vor ihr und sah immer noch sehr mitgenommen und blass aus. Er hielt eine kleine Tasche auf dem Schoß und schaute aus dem Fenster. Elisabeth empfand Mitleid mit ihm und hätte nichts dagegen gehabt, mit ihm zu plaudern. Oder sich wenigstens neben ihn zu setzen, um mit irgendwem in diesem stickigen Bus in Kontakt zu kommen.

In diesem Moment fühlte sich alles nur falsch an. »Was soll ich hier?«, dachte Elisabeth. »Diese Reise ist ein Fehler, Stefan ist ein Fehler, die Randalierer sind ein Fehler, ich bin ein Fehler und die ganze Scheiße ist ein Fehler.«

Sie nahm ihren Taschenspiegel und betrachtete ihr Gesicht. Dieser hartnäckige Pickel am Kinn fiel wenigstens nicht mehr auf. Das tröstete sie irgendwie und hob ihre Laune. Aber ansonsten war ihr Gesicht verschwitzt und verschmiert. Und ihre Zähne waren nicht schön. Sie schob die Unterlippe vor und sah diese hässliche schwarze Stelle, die sie richten lassen würde, sobald sie wieder zu Hause wäre und einen Termin beim Zahnarzt bekäme. Außerdem hatte sie das Bedürfnis, sich frisch zu machen. Sie hatte fast vergessen, dass sie ihre Tage hatte, und es war schon eine

Weile her, dass sie die Binde gewechselt hatte. Jedenfalls hatte sie Glück, dass es nicht mehr so schmerzte wie im vergangenen Jahr.

Als der Bus startete, wurde sie aus ihren Gedanken gerissen. Eine neue Reiseführerin, ein Mädchen in Weiß und Rot, hielt ein Mikrophon in der Hand und begann zu reden. Sie erschien ihr ganz okay, und offenbar kam sie mit diesen randalierenden Saufköpfen zurecht. Fixierte sie manchmal mit dem Blick, wenn sie zu laut wurden, und redete dann ungerührt weiter. Und sie sagte ein paar interessante Dinge, die gut zu wissen waren. Gelegentlich erklärte sie, woran sie gerade vorbeifuhren, dann ging sie auf praktische Dinge ein, die ihre Unterkunft betrafen. Wenn nur die beiden mit dem Whisky nicht so verdammt krakeelt hätten. Elisabeth hatte große Lust, sie direkt anzuschreien: »Haltet's Maul!« Aber natürlich blieb sie stumm und lauschte dem Mädchen in Weiß-Rot, das gerade erläuterte: »Mit diesem alten Volvo-Bus dauert es ungefähr fünfunddreißig Minuten bis zum Hotel. Vielleicht haben Sie bemerkt, dass einige Schilder hier auf Schwedisch beschriftet sind, das liegt daran, dass das Land sie im Rahmen der Entwicklungshilfe von Schweden erhalten hat. Überhaupt werden Sie feststellen, dass die Skandinavier hier unten gern gesehen sind. Freundlichkeit ist die bemerkenswerteste Eigenschaft der Bevölkerung. Auf dem Weg ins Hotel möchte ich Ihnen ein wenig davon erzählen und über ein paar praktische Dinge sprechen. Aber sehen Sie hinaus und machen Sie sich mit dem Land vertraut.«

Elisabeth blickte durch das Fenster. Sie fuhren durch

Wald- und Buschgebiete. Die Farben waren hier anders als zu Hause. Sie wirkten irgendwie bleicher. Das Gras war versengt, und der Sand, der überall zu sehen war, erinnerte vor allem an Staub. Die Sonne brannte immer stärker, und Elisabeth begann sich aus dem Mantel zu schälen.

Es war schwierig, sich alles zu merken, was die Reiseleiterin sagte, aber einige Dinge blieben doch hängen. Vor allem sollte man beim Schwimmen auf Ebbe und Flut achten. Offenbar war es mehrmals vorgekommen, dass Leute, die hier Ferien machten, ins Meer hinausgetrieben worden waren.

Und dann die Sache mit all den kleinen Jungen, die sich nach der Ankunft um sie geschart hatten. Die Reiseleiterin sagte, dies sei ein großes Problem, denn es handle sich um Kinder, die die Schule schwänzten, um sich den Touristen anzuschließen. Sie hofften, ein bisschen Kleingeld dafür zu bekommen, dass sie sie herumführten oder begleiteten, und wollten für jeden ein spezieller Freund sein. Aber wenn man ihnen von vornherein sagte, man wolle seine Ruhe haben, dann mache das schnell die Runde, und sie ließen von einem ab. Und genau das solle man tun, unterstrich die Reiseleiterin, denn die Jungen sollten ja zur Schule gehen.

Danach erklärte sie, dass es möglich sei, im Hotel Geld zu wechseln. Dabei bestünde keine Gefahr, betrogen zu werden.

Schlussendlich knöpfte sie sich die Typen mit der Whiskyflasche vor. Die hatten nämlich mittlerweile angefangen, sich an den schwarzen Fahrer zu klammern, und sie befahl ihnen, den Schnaps sofort wegzupacken, sich hinzusetzen und still zu sein. Da begannen die Reisenden im Bus zu applaudieren, und Elisabeth empfand die ganze Situation plötzlich als sonderbar und peinlich. An und für sich war es ja gut, dass die beiden zurechtgewiesen wurden, aber das mit dem Applaus war ein bisschen zu viel. Immerhin waren sie ja nur betrunken und ein bisschen fröhlich. Typisch für mich, dachte sie. Erst ärgere ich mich, dann habe ich ein schlechtes Gewissen. Nie weiß ich, was richtig ist. Scheiß auf Stefan und die ganze Reise.

Elisabeth überkam ein Gefühl großer Hilflosigkeit. Eigentlich hatte sie nur aus dem Fenster sehen und Afrika erleben wollen. Und jetzt machte eine solche Szene sie völlig konfus. Unvermittelt fing sie an zu weinen, ohne dass sie etwas dagegen tun konnte. Die Tränen flossen auf eine unerträgliche Weise und waren nicht aufzuhalten. Sie konnte nur das Gesicht hinter den Händen verstecken und innerlich kräftig fluchen, bis sie sich wieder beruhigte.

Der Schweiß juckte jetzt am ganzen Körper. Ein Glück, dass sie allein auf dem hintersten Sitz saß. Sie wischte sich über das Gesicht, als sie ankamen, und ging dann schnurstracks ins Hotel. Dort meldete sie sich an und erhielt den Schlüssel. Dann trug jemand ihre drei Gepäckstücke hinter ihr drei Treppen hoch, bis sie in ihr Zimmer kam und endlich allein war. Sie legte sich aufs Bett und schloss die Augen. Und langsam, langsam begann der Aufruhr in ihr sich zu legen.

Da war es halb zehn, an diesem ersten Tag in Afrika, und sie schlug die Augen auf, um die Reise in Besitz zu nehmen.

Das Land, in das sie kamen

Stefan wohnte in einem Bungalow in einer Anlage. Sie war das Teuerste und Feinste, was das Land, das sie besuchten, zu bieten hatte. Der gesamte Hotelkomplex lag auf einem Hügel, ungefähr fünfzig Meter vom Atlantikstrand entfernt. Auf der Hügelkuppe ragte das Hauptgebäude mit seinen sieben Stockwerken empor, mit Speisesälen und Bars, Nachtclub und Rezeption. Die Bungalowreihen erstreckten sich in vier verschiedene Richtungen den Hügel hinab. Zwischen dem Hotel und dem Strand gab es zwei Swimmingpools, einen für Kinder und einen für Erwachsene. Die Anlage befand sich ungefähr eine Meile außerhalb der Stadt, wo Elisabeth wohnte.

Nachdem Stefan angekommen war, ging er nur kurz in seinen Bungalow. Er war müde von der nächtlichen Reise und dem Alkohol, den er wahllos in sich hineingeschüttet hatte, aber trotzdem zu rastlos, um sich ein wenig hinzulegen. Für Stefan war es wichtig, nichts zu verpassen. Nicht in erster Linie aus Neugier oder Interesse, sondern aus einer inneren Unruhe heraus.

Er zog die Badehose und ein weißes T-Shirt an, warf

einen Blick in den Spiegel, fasste sich kurz in den Schritt, damit die Hose etwas mehr ausbeulte, und ging dann hinaus und hinauf zum Hauptgebäude. Nachdem er in der Rezeption Geld gewechselt hatte, schlenderte er zum Meer, setzte sich auf die Café-Terrasse und bestellte einen Gin and Grape. Es ging ein leichter Wind, der seine Frisur in Unordnung brachte. Stefan rauchte Kette und trank in großen Schlucken, um rasch einen weiteren Drink bestellen zu können.

Eine gute Stunde saß er mit seinem selbstsicheren Lächeln da, die Gesichtszüge ordentlich zurechtgelegt, und betrachtete alles, was rings um ihn geschah. Die Touristen, die Neuangekommenen, die noch ein bisschen verloren wirkten, und diejenigen, die schon seit ein oder zwei Wochen hier waren und jetzt rotbraune Gesichter hatten und die bleichen Neuankömmlinge ein wenig belächelten. Natürlich schaute er besonders auf die Mädchen und versuchte, irgendwo einen Blick zu erhaschen. Einen Blick, der nicht gleichgültig und flüchtig war, sondern etwas mehr versprach. Und dann dachte er zerstreut an Elisabeth. Es gefiel ihm, dass sie auch hier war, aber in einiger Entfernung. Wenn er kein besseres Mädchen fand, war ihm eine jedenfalls sicher. Auch wenn sie im Bett keine Rakete war, er hatte schon mit Langweiligeren geschlafen. Aber hauptsächlich musterte er natürlich die schwarzen Mädchen. Einige von ihnen arbeiteten im Hotel, und sie waren ziemlich attraktiv – abgesehen von ihren scheußlichen Haaren. Massenhaft Locken, die vom Kopf abstanden.

Er fühlte sich auf eine unverschämte Weise geil. Für

einen weißen Typen mit reichlich Kohle gab es hier in den Nächten bestimmt genügend Abwechslung. Gut, dass ich den Bungalow habe, dachte er. Bei einem Hotelzimmer hätte ich vielleicht Probleme, ein Mädchen mitzunehmen.

Die Wärme und der Alkohol sorgten dafür, dass Stefan kurz vor dem Mittagessen gegen zwölf zu seinem Bungalow ging. Lust auf ein Bad hatte er nicht, aber er konnte seine Geilheit nicht mehr zügeln, und daher besorgte er es sich eben selbst. Und es gab viele Mädchen, an die er dabei denken konnte.

Nach einer raschen Zigarette ging er hinauf in den Speisesaal. Er fand einen leeren Tisch, und es gefiel ihm, dass schwedisches Essen serviert wurde und kein afrikanischer Fraß, jedenfalls für den Anfang. Es gab Ragout, das gut schmeckte, und er aß viel und trank Bier dazu. Man konnte sogar Pripps blå bekommen.

Er war gerade fertig mit dem Essen, als sich ein Paar an seinen Tisch setzte, ohne zu fragen, ob die Plätze noch frei seien.

Die beiden waren ganz in Weiß gekleidet und hatten je ein Glas Saft in der Hand. Der Mann wirkte etwas älter als die Frau. Stefan tippte auf achtundsechzig und fünfundsechzig. Er kippelte auf seinem Stuhl und schaute sie nur aus den Augenwinkeln an. Erst als sie an der anderen Seite des Tisches zu reden begannen, horchte er auf. Sie sprachen unverkennbaren Göteborger Dialekt, aber mit einer diskreten Wortmelodie. Göteborger Pensionäre, dachte er. Auf ihrer letzten Reise. Dann nach Hause, um zu sterben.

Er verspürte ein angenehmes Prickeln angesichts der Tatsache, wieviel Zeit er noch vor sich hatte. Viele Jahre und keine besondere Eile.

Verstohlen musterte er sie. Eigentlich sahen sie nicht sehr hinfällig aus. Die Frau hatte ein recht hübsches Gesicht, und der Mann dichte graue Haare. Außerdem waren sie bestimmt schon mindestens zwei Wochen hier. Ihre Haut war leicht gebräunt, ohne Sonnenbrand.

Bestimmt hätte Stefan nie mehr an sie gedacht, wenn da nicht dieser kleine Vorfall gewesen wäre. Als sie ihren Saft ausgetrunken hatten, zog der Mann eine Landkarte aus der Hosentasche und legte sie auf den Tisch. Er wollte sie offenbar loswerden, denn als sie aufstanden und gingen, ließ er sie zurück. Stefan streckte sich danach aus und dachte, sie könnte ihm vielleicht nützlich sein. Als er sie auf der glatten Tischplatte zu sich heranzog, rutschte eine Schwarz-Weiß-Fotografie aus der zusammengefalteten Karte. Stefan nahm das Bild und betrachtete es mit starrem Blick.

Es zeigte einen jungen Schwarzen, der nackt war. Er stand direkt der Kamera zugewandt. Hinter ihm hing eine gefaltete helle Draperie. Der junge Mann stand breitbeinig da, denn seine Hoden waren so geschwollen, dass sie ihm fast bis zu den Unterschenkeln reichten.

Stefan starrte mit zunehmendem Unbehagen auf die Fotografie, und ihm wurde fast übel. Was ist das bloß, dachte er und schaute den Göteborgern nach, aber die waren schon außer Sichtweite. Was für perverse Schweine laufen hier in diesem Hotel herum? Er legte das Bild beiseite. Es war ekelhaft, aber zugleich auf unheimliche Weise faszinierend. Schnell deckte er es mit der Landkarte zu, und plötzlich erschien ihm die gesamte Umgebung unwirklich. Die Hitze, der Atlantik, der gegen den Strand donnerte, die farbigen Kellner, die Badegäste, das Hotel.

Er stand rasch auf, steckte das Foto in die Tasche, ließ die Karte liegen und ging die Terrassentreppen hinunter zu seinem Bungalow. Als er auf die Uhr schaute, stellte er fest, dass es schon Viertel nach eins war. Zeit, sich zu dem Hotel aufzumachen, in dem Elisabeth wohnte.

Hatte er Lust, sie zu besuchen?

Er wollte ihr auf jeden Fall dieses Foto zeigen.

*

Aber zunächst konnte das Bild warten. Er hatte es in der Tasche, als er mit Elisabeth in der Lobby ihres Hotels saß. Sie tranken Bier und überlegten, was sie unternehmen sollten. Elisabeth gefiel Stefan in ihrem Sommerkleid, und er dachte, dass sie immerhin ein Mädchen war, mit dem man ausgehen und sich sehen lassen konnte. Sie hatte eine gute Figur, und es war schön, wenn sie das betonte.

Sie studierten den Stadtplan, der an einer Wand in der Rezeption hing. Dabei merkten sie sich bestimmte Straßennamen, um sich nicht zu verirren.

»Was für ein Glück, dass alles auf Englisch dasteht«, sagte Stefan.

»Warum ist das so?«, fragte Elisabeth.

»Keine Ahnung. Es war wohl eine englische Kolonie. Ich glaube, die Reiseleiterin hat das erzählt. Wollen wir gehen?«

Sie verließen das Hotel, traten hinaus auf die Straße, aber die Hitze, die ihnen entgegenschlug, war überwältigend. Und kaum waren sie ein paar Schritte gegangen, wurden sie von einer Schar kleiner Jungen umringt, unter denen sie auch ein paar Gesichter vom Flughafen wiedererkannten. Elisabeth fand die Kinder genauso lästig wie am Vormittag und murmelte ihr »No«, während Stefan sagte, das mache doch nichts.

»Mir reicht jedenfalls schon einer«, entgegnete Elisabeth.

»Dann nehmen wir den«, sagte Stefan und deutete auf den kleinsten Jungen. Er war barfuß, trug abgeschnittene Hosen und ein weißes T-Shirt mit dem fliegenden Pimmel des RFSU, des schwedischen Reichsverbands für sexuelle Aufklärung, auf der Brust.

»Das hat er bestimmt von einem Touristen«, meinte Stefan, während er den anderen Kindern mit Gesten klarmachte, dass sie verschwinden sollten. Als sie sich nicht abwimmeln ließen, wünschte er sie zur Hölle und breitete die Arme entschiedener aus. Auch wenn sie nicht verstanden, was er sagte, blieben sie jetzt stehen, und der RFSU-Junge lief in einsamer Majestät Stefan und Elisabeth voran.

»What's your name?«, fragte Stefan.

»Ndou«, antwortete der RFSU-Junge. »What's yours?«

»My name is Stefan. And this is Elisabeth.«

»Ah, Elisabeth«, erwiderte Ndou mit einem breiten Lachen. Sie gingen nebeneinander auf dem schmutzigen Bürgersteig.

Die Hauptstadt hatte ungefähr dreißigtausend Einwohner und bestand zum überwiegenden Teil aus Wellblechhütten, die ein für Fremde vollkommen unübersichtliches Gewirr von Gassen bildeten. Aber seit der Herrschaft der Engländer gab es auch eine andere Art der Bebauung. Weiße schlossartige Häuser mit großen eingezäunten Gärten. Ein paar Bankpaläste und einige Rondelle mit Statuen von ehemaligen englischen Eroberern und Staatsmännern. Nachdem das Land vor etwa zehn Jahren unabhängig geworden war, hatte die neue Oberklasse des Landes, ausländische Unternehmer und einheimische Staatsmänner, die eleganten Villen übernommen. Diese ganze Pracht lag versammelt an einer Straße, der Winston Street, die die größte und einzige asphaltierte der Stadt war. Rundherum gab es nur Wellblechhütten, alte Autoreifen und jede Menge Müll.

Elisabeths Hotel lag an der Winston Street, die sie und Stefan und Ndou jetzt an ihrem ersten Nachmittag in diesem Land entlanggingen. Doch sie brauchten nicht lange, um der Armut, dem Gestank und dem Elend zu begegnen. Als sie von der Winston Street abbogen, gelangten sie in ein chaotisches Durcheinander von Hütten und notdürftigen Behausungen. Als Erstes kam der Gestank. Plötzlich war er einfach da und umschloss sie. Elisabeth wollte umkehren, weil sie glaubte, sich übergeben zu müssen, aber da Stefan nichts sagte, hielt auch sie den Mund. Und dann schwappten all die Eindrücke über ihr zusammen: Die nackten und schmutzigen Kinder, die im Abfall zwischen den Hütten herumkrochen, um etwas zu essen zu finden. Die Erwachsenen, die im Halbschatten direkt neben den Hütten saßen oder lagen und ihre Hände Stefan und Elisabeth entgegenstreckten. Es waren die Hände von Menschen, die nicht mehr hofften, dass etwas hineingelegt würde. Die Engländer hatten ihre koloniale Arbeit gut gemacht. Sie hatten ein Land an Afrikas Westküste in hoffnungsloser Armut und Misere hinterlassen. Der Analphabetismus lag bei über achtzig Prozent, die Arbeitslosigkeit war fast ebenso hoch. Im ganzen Land gab es ein einziges Krankenhaus, das etwa dreißig Patienten Platz böte, und nur einen einzigen Zahnarzt. Die koloniale Unterdrückung hatte keine Rücksicht auf die Menschen genommen, durch deren Arbeit die Engländer ihren Reichtum vermehrten. Man hatte die Rohstoffe des Landes geplündert, die billigen Arbeitskräfte ausgebeutet, und dabei in Sicherheit gelebt, weil man Bildung und Wissen unterband. Im ganzen Land gab es keine höhere Schule, und ohne entsprechende Bildung konnte man eine Kolonialmacht wie England nicht so einfach besiegen.

Es war ihnen gelungen, das Selbstvertrauen der Bevölkerung zu erschüttern, aber sie hatten es nicht gebrochen. Jetzt hatte eine neue Oberklasse die Gewohnheiten und das Machtgebaren der Engländer übernommen. Diejenigen, die eine Ausbildung in England genossen und sich dort die Denkweise und Gewohnheiten der Engländer angeeignet hatten, waren von Beamten im englischen Kolonialregime zu Regierungsmitgliedern des unabhängigen Landes aufgestiegen. Und bald waren diese Überläufer in die weißen Paläste eingezogen und hatten sich vollständig von dem Volk und dessen Bedürfnis nach Veränderung und Verbesserung der Lebensbedingungen abgeschirmt.

Durch so ein Wohnviertel der Vergessenen schlenderten

Elisabeth und Stefan jetzt. Angesichts all des Gestanks, des Schmutzes und des Elends überwog zuerst einmal ihre Erleichterung, nicht hier wohnen zu müssen. Es ging ihnen nicht darum, die Zusammenhänge zu begreifen oder sich nach dem Warum zu fragen. Elisabeth empfand zwar Mitleid, wollte aber nicht so genau hinsehen. Stefan hingegen hatte ein Gefühl der Verachtung für das, was er sah, und er fühlte sich als Weißer überlegen, als wäre er etwas Besseres und Höheres. Während sie Ndou folgten, sagte Stefan, er finde, die Menschen sähen alle gleich aus, und er konnte seinen Abscheu nicht verbergen.

Schließlich kehrten sie zu Elisabeths Hotel zurück und verabschiedeten sich von Ndou, der nicht mit hineindurfte und von einem der Hotelwächter verscheucht wurde. Sie setzten sich in die kühle Bar, bestellten Coca-Cola, streiften Sandalen und Holzschuhe ab, und Elisabeth begann, sich in Stefans Gesellschaft wohlzufühlen. Sie schwiegen und betrachteten die übrigen Gäste des Hotels. Sie waren fast einen Tag da, man begann, einander vorsichtig zuzunicken.

Als Stefan fragte, was sie am Abend machen sollten, antwortete Elisabeth, sie würde am liebsten in ihrem Zimmer bleiben und schlafen und sich Zeit nehmen, all das Neue zu verarbeiten. Aber sie verabredeten für den nächsten Tag, dass Elisabeth nach dem Frühstück zu Stefans Hotel fahren würde. Stefan erhob sich, sie nickten einander zu, und dann ging er hinaus und stieg in ein altes Taxi, das mühsam losrumpelte.

*

Über diesen Abend und die Nacht ist von Stefans Besuch im Nachtclub des Hotels zu berichten und von Elisabeths Abendspaziergang mit dem Mann, der während der Zwischenlandung in der spanischen Nacht einen Anfall hatte, sowie von ihren zwei Träumen, nachdem sie endlich eingeschlafen war.

Nach dem Abendessen ging Stefan direkt in die Bar. Er setzte sich an einen Tisch und bestellte Gin and Grape. Es war gegen neun und der Raum noch ziemlich leer. Stefan genoss es, dass hier niemand nach seinem Alter fragte. Für ihn war das einer der Schritte ins Erwachsenenleben. Er saß da und rauchte im Halbdunkel, ein Radio spielte westliche Popmusik, und er schaute dem Mädchen zu, das hinter dem Tresen bediente. Er fand ihre Haare abscheulich, so drahtig und kraus, wie sie waren. Aber davon abgesehen war sie hübsch und hatte einen sehr schönen Körper, den der Minirock betonte. In regelmäßigen Abständen aber tauchte vor Stefans innerem Auge dieses Bild von dem Schwarzen mit den Riesenhoden auf. Plötzlich wurde ihm klar, dass das Foto sicher eine Krankheit zeigte. Es glich den Bildern, die er in medizinischen Fachbüchern in der Bibliothek gesehen hatte. Einen Augenblick lang fröstelte es ihn bei dem Gedanken, dass ihm selbst in diesem Land etwas so Schreckliches widerfahren könnte, aber er beruhigte sich, als er sich an all die Spritzen erinnerte, die er vorsorglich bekommen hatte. »Yellow fever, black fever«, er summte mit bei der Melodie von Slade, die gerade im Radio ertönte. Aber offenbar summte er zu laut, denn das Mädchen hinter der Bar kam zu ihm und fragte, ob er noch etwas zu trinken haben wolle. Stefans Glas war noch nicht leer, aber er bestellte trotzdem einen weiteren Drink. Noch wollte er sich auf kein Gespräch mit dem Mädchen einlassen. Ihm war bewusst, dass er erst ordentlich etwas intus haben musste. Dann ging es gewöhnlich wie von selbst. Alle glauben immer, dass ich so selbstsicher bin, dachte er. Dabei ist es nicht immer so verdammt leicht. Aber mit ein paar Drinks wird es schon laufen. Er verspürte ein Kribbeln im Schritt, als er da im Halbdunkel saß, und jetzt dachte er an Elisabeth, denn sie war am leichtesten zu haben. Er erinnerte sich an das erste Mal, als er mit ihr geschlafen hatte, vor ungefähr zwei Jahren.

Es passierte in der Waschküche im Keller eines Hauses, in dem eine Party stattfand. Er war mit einem anderen Mädchen zu dem Fest gekommen, aber die andere hatte sich so schnell betrunken, dass sie sich erbrechen und dann in einem Schlafzimmer hinlegen musste. Also hatte er Elisabeth nachgestellt, die sich allerdings zunächst sträubte. Er hatte eine vage Erinnerung daran, dass er einen Korb mit schmutziger Wäsche ausgeleert hatte, um eine Unterlage zu haben, und das Ganze war vorbei, kaum dass es angefangen hatte. Elisabeth hatte geflennt, aber er hatte sich einen Dreck um sie geschert und war gleich darauf zu einem anderen Fest abgehauen. Doch es hatte ein zweites Mal gegeben, und da war es besser gegangen. Da hatte er versucht, ein paar Stellungen auszuprobieren, aber das hatte sie nicht mitmachen wollen, und so war er direkt zur Sache gekommen, aber diesmal in einem Bett.

Heute, dachte er, wäre es leichter, sie zu ein paar Variationen zu überreden. Aber zuerst wollte er es mit einer dieser Schwarzen probieren. Vielleicht mit dem Mädchen hinter der Bar. Hinein in den Bungalow, weg mit dem Rock und all den anderen Klamotten, entschuldige, wenn ich das Licht ausmache, aber ich mag dieses Kraushaar auf deinem Kopf nicht sehen, rauf mit dem Hintern, und los geht's. Stefan feixte ein bisschen und sog sich mit dem Blick an dem Mädchen hinter der Bar fest. Aber sie dachte nur, er wolle noch etwas trinken, und brachte erneut einen Gin. Jetzt standen schon ziemlich viele halb ausgetrunkene Gläser auf seinem Tisch. Wenn ich nur nicht zu voll werde, dachte Stefan.

Nach dem Abendessen wurde es draußen pechschwarz, und Elisabeth saß im Halbdunkel auf der Hotelterrasse und trank Kaffee. Sie balancierte die Tasse auf einem Knie und schaute hinaus auf die Winston Street. Dort stand eine Schar kleiner Jungen und spähte ins Hotel hinein. In regelmäßigen Abständen wurden sie von einem riesigen Schwarzen verscheucht, der als Wächter arbeitete. Elisabeth beobachtete die anderen Gäste, die in Trauben auf der Terrasse saßen, und lauschte auf ihre Gespräche. Sie sah, dass sich rasch kleine Gruppen bildeten. Man stellte sich gegenseitig vor, und Dänisch, Schwedisch und Norwegisch mischten sich. Der Stuhl neben ihr war leer, und sie war in Gedanken versunken, als jemand plötzlich neben ihr fragte, ob der Platz noch frei sei. Als sie aufschaute, erkannte sie den Mann, der in der spanischen Nacht den Anfall gehabt hatte.

»Ja, natürlich«, sagte Elisabeth.

»Danke«, entgegnete er und setzte sich vorsichtig mit seinem Kaffee zu ihr.

Elisabeth bekam Lust, mit ihm zu plaudern. Dennoch war sie über sich selbst erstaunt, als sie sich fragen hörte, ob es ihm jetzt besser gehe. Er erstarrte für einen Augenblick, ehe er antwortete, es gehe ihm jetzt gut, meistens sei so ein Anfall schnell vorbei. Er lächelte zaghaft und erklärte, er sei Epileptiker und heiße Sven und komme aus Eskilstuna. Elisabeth nannte ihren Namen, und plötzlich fiel ihr das Reden ganz leicht, und ihm schien das Gespräch auch zu gefallen. Fast eine Stunde saßen sie da und erzählten, weshalb sie hierhergereist waren und wie der erste Tag für sie verlaufen war.

Er sei Unterstufenlehrer in einer Schule nahe Eskilstuna, und liebe seinen Beruf, sagte er. Er war siebenunddreißig Jahre alt und unverheiratet. Elisabeth gab so wenig wie möglich von sich preis, aber desto mehr sprach sie über den vergangenen Tag. Allerdings hatte sie ihm gesagt, dass sie zwanzig Jahre alt war, was sie sofort bereute. Als Sven einen kurzen Spaziergang vorschlug, kam ihr das ganz selbstverständlich vor. Sie lief in ihr Zimmer und zog eine Jacke an. Als sie wieder herunterkam, stand Sven schon draußen auf der Straße. Er lächelte, als er sie sah.

»Wohin sollen wir gehen?«, fragte er.

»Ich weiß nicht«, erwiderte Elisabeth. »Wie dunkel es ist«, fügte sie hinzu.

»Ja«, antwortete er. »Und fast keine Straßenbeleuchtung. Aber wir können doch hinunter zum Strand.«

Sie gingen in die Dunkelheit hinaus. Es war noch immer recht warm, und die Schatten, die vorüberhuschten, wirkten wie ein Hauch an dem stillen Abend. Allein hätte sich

Elisabeth nie getraut, jetzt noch auszugehen. Auf einigen Abschnitten der Straße konnte man die Hand nicht vor Augen sehen, und sie mussten sich vorsichtig vorantasten. Sie überquerten die Winston Street und gelangten zu einer hohen weißen Mauer, die sich entlang der gegenüberliegenden Straßenseite des Hotels erstreckte.

»Weißt du, was das ist?«, fragte Sven.

»Nein.« Elisabeth schaute zu der Mauer hinauf.

»Das ist der Präsidentenpalast. Früher hat hier der englische Kommandant gewohnt. Wusstest du, dass dieses Land eine englische Kolonie gewesen ist?«

»Ja. Nein«, antwortete Elisabeth.

»Doch. Tatsache. Bis vor ein paar Jahren. Schau auf die Mauerkrone, dann wirst du schon sehen.«

Elisabeth streckte sich, und da entdeckte sie, dass dort oben Glassplitter und Stacheldraht angebracht waren.

»Wie schrecklich.«

»Eine altbewährte Methode der Kolonialherren, ihre Ruhe zu haben«, sagte Sven. »Du stößt hier überall auf solche Mauern.«

Sie verließen die Winston Street und gelangten auf einen Pfad, der sich zwischen einigen hohen schwarzen Bäumen dahinschlängelte. Er war menschenleer, und jetzt wurde die Dunkelheit ganz undurchdringlich. Elisabeth fand es unheimlich, und es fröstelte sie.

»Findest du es gruselig hier?«

»Ein bisschen«, gab Elisabeth zu.

»Wir sind bald unten am Meer. Dort wird es heller. Hörst du die Wellen?«

Sie blieben in der Dunkelheit stehen, und Elisabeth vernahm schwach das Geräusch des Meeres. Ein fernes Rauschen, das anstieg und abschwoll. Als sie weitergingen, stieg ihr ein starker Duft in die Nase, und Elisabeth fragte, was das sei. Sie stellte fest, dass sie fast flüsterte.

»Dieser Geruch kommt von nichts Speziellem. Er ist eine Mischung. Bäume, Blumen und Müll.«

In diesem Moment ertönte ein Lachen aus der Dunkelheit. Elisabeth bekam fast einen Schock, und sie erstarrte. Sven blieb ebenfalls stehen. Sie schauten sich hastig um, aber in der Dunkelheit war nichts zu sehen. Und es war wieder still. Nur das Echo des Lachens hing noch in der Luft. Elisabeth hörte ihr Herz schlagen. Sven sah sich aufmerksam um.

»Hast du Angst bekommen?«

»Ein bisschen«, antwortete Elisabeth. »Ich habe nicht erkennen können, ob es ein hässliches oder ein freundliches Lachen war.«

»Schwer zu sagen«, erwiderte Sven. »Aber du musst keine Angst haben.«

Sie gingen weiter, bis sie plötzlich draußen am Strand waren, und genau wie Sven gesagt hatte, wurde es dort heller. Der Strand war breit und erstreckte sich in beide Richtungen, soweit das Auge reichte. Im Abstand von ungefähr fünfzig Metern waren dicke Holzpfosten in den Sand gerammt und ein Stück weit ins Wasser hinein. Der Himmel war sternenklar, und das Wasser glitzerte vor ihnen.

Sie gingen durch den weichen Sand. Elisabeth zog ihre Holzschuhe aus, und der Sand unter ihren Füßen fühlte sich warm an. Nach ein paar Minuten setzten sie sich jeder auf einen der Holzpfosten.

Eine Weile saßen sie stumm nebeneinander. Dann fragte Elisabeth, wer da gelacht hatte.

»Das weiß ich nicht. Ich habe auch nichts gesehen. Es war nur ein Art Signal in der Dunkelheit.«

»Es klang unheimlich.«

»Ja. Vielleicht war es das auch. Ich weiß nicht, ob es dir aufgefallen ist. Aber unter diesen Leuten hier gibt es einige mit einem Hass auf weiße Menschen. Natürlich gefällt es ihnen, dass wir Geld mitbringen und Hotels bauen und manchen Arbeit geben, auch wenn die Löhne unglaublich niedrig sind. Aber neben dieser Freundlichkeit, von der die Reiseleiterin erzählt hat, gibt es noch etwas anderes: einen Hass auf weiße Menschen. Und das ist ja nicht verwunderlich, so wie sie von den Europäern behandelt worden sind. In diesem speziellen Land von den Engländern. In anderen Ländern von den Deutschen oder den Franzosen oder den Holländern oder Amerikanern oder Schweden.«

»Schweden hat doch keine Kolonien gehabt.«

»Oh doch. Zwar nicht viele und keine großen, aber die Schweden waren auch dabei.«

»Aber wenn sie uns hassen, ist es ja gefährlich, hier zu sitzen. Wir könnten überfallen werden. Warum hat die Reiseleiterin davon nichts gesagt?«

Elisabeth begann sich unbehaglich zu fühlen, und sie schaute sich andauernd um. Sie verstand auch nicht, wie Sven so ruhig und entspannt bleiben konnte, während er ihr gegenüber auf dem Holzpfosten saß und erzählte.

»Es besteht keine Gefahr, dass wir überfallen werden«, erklärte er. »Es ist nicht diese Art von Hass, keine Frage von Rache oder dergleichen. Aber stell dir vor, dein Volk wäre über Jahrhunderte als Sklaven verkauft worden und ständig hätten andere Völker über dich bestimmt, die dich wie minderwertige Tiere behandelt hätten.«

Elisabeth konnte nicht richtig aufnehmen, was er sagte. Es fiel ihr schwer, sich auf etwas anderes zu konzentrieren als auf dieses Unheimliche, das für sie hier in der Dunkelheit am Strand lauerte.

»Bist du schon mal in Afrika gewesen?«, fragte sie.

»Nein. Nie.«

»Woher weißt du denn das alles?«

»Ach du meine Güte. Das ist doch keine Kunst. Wenn man einiges liest und darüber nachdenkt, dann ist es nicht schwer, seine Schlüsse zu ziehen.«

»Warum bist du dann hierhergefahren?«

Sven stand auf und bohrte eine Weile mit der Spitze seines Turnschuhs im Sand. Elisabeth fand, dass er wehmütig aussah, wie er da vor ihr stand. Schmal und mager und mit hellen Fransen, die ihm in die Stirn hingen.

Er blieb eine Weile stumm, ehe er antwortete.

»Um das hier zu sehen. Um es mit eigenen Augen zu sehen. Fernsehbilder oder Bücher können niemals richtig beschreiben, was hier unten geschieht. Deshalb bin ich hier. Um es zu sehen. Mit eigenen Augen.«

Jetzt drehte er sich um und schaute sie an, und er lächelte ein wenig zögernd. Sie erwiderte seinen Blick. Schließlich fragte er, ob sie nach Hause gehen sollten, und sie nickte und stand auf.

Nachdem sie zur Hotelterrasse zurückgekehrt waren, verabschiedeten sie sich nur kurz. Sie würden sich ja ohnehin zwei Wochen lang jeden Tag treffen.

»Gute Nacht«, sagte er.

»Gute Nacht«, entgegnete Elisabeth und ging zur Rezeption, um ihren Schlüssel zu holen.

In dieser Nacht hatte Elisabeth zwei Träume, die miteinander verflochten waren, wie es bei Träumen so oft ist.

Der erste Traum handelte von dem Lachen. Elisabeth träumte, dass sie in einem leeren Flugzeug saß, das durch die Nacht rauschte. Plötzlich wollte der Pilot ins Mikrophon sprechen, und da ertönte ein langgezogenes und bösartiges Lachen. Genau an dieser Stelle setzte der andere Traum ein. Elisabeth ging abends mit Sven spazieren. Auf einmal war er verschwunden, und sie konnte ihn nicht finden, auch nicht den Weg zum Hotel. Da fing sie an, auf Straßen zuzurennen, die beleuchtet waren, aber sobald sie ankam, erlosch das Licht. Dann rannte und rannte sie, bis sie plötzlich hinfiel. Die Straße öffnete sich vor ihr, und sie stürzte in ein schwarzes Loch.

Da erwachte sie. Sie lag in der Dunkelheit in ihrem Hotelbett, und es dauerte ziemlich lange, bis sie wieder einschlief.

*

Stefan trank an diesem Abend zu viel. Es war absolut nichts los, und so blieb ihm nicht viel anderes übrig, als Gin zu trinken. Nach und nach fanden sich immer mehr Gäste in der Bar ein, aber es waren vor allem Ältere und Paare, weshalb die Möglichkeiten, Kontakte zu knüpfen, sehr gering waren und es einen Versuch nicht lohnte. Stefan saß an seinem Tisch, und das Radio dudelte vor sich hin. Er befürchtete, dass er vielleicht nicht in den Nachtclub hineinkommen würde, der gegen zwölf Uhr aufmachte. Vielleicht wurde dort kontrolliert … Und er ärgerte sich, dass er seinen gefälschten Ausweis zu Hause gelassen hatte. Den, auf dem stand, dass er 1945 geboren war, und für dessen Anfertigung er diesem Kleinkriminellen in Malmö hundertfünfzig Kronen hatte zahlen müssen. Aber es war ein laminierter Personalausweis, den keiner beanstanden konnte. Und jetzt hatte er ihn vergessen.

Gegen halb zwölf verließ Stefan die Bar, um sich zu übergeben. Es kam ganz schnell. Plötzlich, nach einem etwas zu großen Schluck, schoss ihm der Speichel in den Mund, und er wusste, dass es so weit war. Immerhin schaffte er es, langsam und ziemlich ungerührt aus der Bar direkt auf die Toilette zu gehen, aber dort ergoss es sich in einem Schwall.

Nachdem er sich den Mund ausgespült und die Tränen aus den Augen gewischt hatte, fühlte er sich wieder ganz gut in Form. Aber vielleicht sollte er nichts mehr trinken. Besoffen war er sowieso schon.

Als er zurück in die Bar kam und schon unter der Tür sah, dass dort immer noch dieselbe fade Stimmung herrschte und dasselbe Gedudel aus dem Radio erklang, verlor er die Lust. Er ging zum Tresen, zahlte bei dem Mädchen mit dem Kraushaar, geizte mit dem Trinkgeld und setzte eine betont verdrossene Miene auf. Dann ging er hinaus in die Rezeption, holte seinen Schlüssel und lief hinunter zu seinem Bungalow.

Nachdem er sich zwischen die Laken gelegt hatte, schlief er sofort ein.

*

Es war Elisabeth, die ihn weckte. Sie stand vor ihm und sagte »Stefan, Stefan.« Als er die Augen aufschlug, sah er, dass sie lachte. Er war sofort hellwach.

»Hallo. Gut geschlafen?«

»Ja, und wie. Wie spät ist es?«

»Zehn ungefähr. Wollen wir baden gehen?«

»Gern. Ich muss nur erst richtig wach werden.«

Stefan wickelte die Decke um sich. Wie fast jeden Morgen war er mit einem ordentlichen Ständer erwacht, und er fragte sich, ob Elisabeth es gesehen hatte. Aber die zeigte keine Reaktion, sondern ging im Zimmer herum.

»Schön hast du es hier.«

»Es ist okay.«

»Nahe am Strand.«

»Wie wohnst du denn?«

»Im zweiten Stock. Ein ziemlich kleines Zimmer. Aber es ist ganz in Ordnung.«

»Was hast du denn gestern Abend gemacht?«

»Nichts Besonderes. Bin ein bisschen draußen herumgelaufen.«

»Allein?«

»Wieso?«

»Nur so.«

»Ich war mit dem Typen zusammen, der einen Anfall hatte.«

»Einen Anfall? Was für ein Typ?«

»Der Mann, der in Spanien den Zusammenbruch hatte. Ich habe dir doch von ihm erzählt.«

»Ach der.«

»Ja. Wir haben eine Runde gedreht. Er ist in Ordnung.«

»Aha.«

»Er hat mir viele Sachen erzählt.«

»Aha.«

»Er ist wirklich nett. Willst du nicht mal aufstehen? Soll ich rausgehen?«

»Auf keinen Fall.«

Stefan konnte noch immer nicht aufstehen. Aber wenn er an Belangloses dachte, schwoll die Erektion gewöhnlich schnell ab.

»Was hast du gestern Abend gemacht?«, fragte Elisabeth.

»War eine Weile in der Bar.«

»Spaß gehabt?«

»Nein. Es war öde.«

»Ach so.«

»Ich bin dann bald schlafen gegangen.«

Mit einem Sprung war Stefan aus dem Bett und lief ins Bad. Elisabeth rief ihm hinterher, ob er denn schon gefrühstückt hätte, und Stefan steckte den Kopf aus der Badezimmertür und antwortete, hier gäbe es keinen Zimmerservice. Sie lachten beide, und nach einer Katzenwäsche war Stefan rasch angezogen, Shorts und weißes T-Shirt und Espadrilles an den Füßen.

Das Meer war phantastisch. Warm und salzig und frisch, mit langen, saugenden Dünungen, auf denen man sich wohl treiben lassen konnte. Stefan und Elisabeth konnten sich richtig austoben und genossen es. Plantschen und lachen. Sie schwammen herum, schrien einander zu, sich vor der Strömung in Acht zu nehmen, und ließen sich eine halbe Stunde im Wasser treiben, ehe sie wieder an Land krabbelten.

Der Strand wirkte unendlich und verlor sich am Horizont im gleißenden Sonnendunst. Und er war vollkommen leer. Doch das änderte sich mit einem Schlag, als ein großer Taschenkrebs aus einem Loch im Sand auftauchte und über Elisabeths Fuß flitzte. Sie schrie auf, und dann sahen sie Taschenkrebse überall, sie kamen aus allen Richtungen. Stefan versuchte vergeblich, einen zu fangen.

Sie hatten sich kaum einen anderen Platz gesucht, als eine korpulente Afrikanerin mit einem Korb voller Stoffe auf dem Kopf erschien. Sie lächelte, sagte »Hallo, hallo«, setzte sich neben sie in den Sand und begann ihre Ware auszubreiten. Es waren Stoffe in kräftigen, reizvollen Farben. Die Afrikanerin deutete zuerst auf Elisabeth und dann auf Stefan, und erklärte dann gestenreich, dass Stefan unbedingt etwas für seine Frau kaufen sollte. Währenddessen tauchten kleine Mädchen auf, die Obstschüsseln auf dem Kopf trugen. Sie boten Apfelsinen und kleine Bananen an, und auch sie setzten sich in den Sand. Dann kam die nächste Verkäufergruppe. Es waren etwas ältere Jungen, die Holzmasken und Trommeln anboten und sogar in Seidenpapier verpackten Silberschmuck. Ringe, Armbänder und Haarspangen.

Eine Weile machte das Stefan und Elisabeth Spaß, aber dann wurde ihnen der Rummel lästig, besonders als eine Schar von kleinen Jungen erschien, die ihre Freunde werden wollten. Stefan versuchte zu erklären, dass sie im Moment nichts kaufen wollten und außerdem nicht einmal Geld dabeihätten. Aber die Verkäufer waren hartnäckig, und schließlich standen Stefan und Elisabeth auf und rannten lachend wieder ins Wasser hinaus. Dabei nahm Elisabeth flüchtig wahr, dass das Lächeln aus den Gesichtern der Verkäufer verschwunden war, und sie erinnerte sich an das nächtliche Gespräch mit Sven.

Ihre Träume der Nacht gingen ihr durch den Kopf, während sie ins Wasser lief. Sie holte Stefan ein und rief ihm zu, dass sie Hunger hatte.

»Dann gehen wir hoch und essen«, antwortete er, während er sich von einer Dünung wegtragen ließ.

Sie lagen noch eine Weile am Wassersaum und warteten, bis die Verkäufer weitergezogen waren, ehe sie zum Strand hinaufliefen, über die Taschenkrebse hüpften, in die Bademäntel schlüpften und sich umzogen.

Als sie im Sand zum Hotel hinaufgingen, trugen sie Schuhe, sonst hätten sie sich die Füße im Sand verbrannt.

»Verdammt heiß ist es hier«, sagte Stefan.

»Eine solche Hitze habe ich noch nie erlebt.«

»Ich auch nicht.«

»Kann man in deinem Hotel essen?«

»Ja, sicher.«

»Aber ist das Restaurant nicht nur für Hotelgäste?«

»Das können sie doch überhaupt nicht überprüfen.«

»Hast du auch Hunger?«

»Na klar, ich habe doch noch kein Frühstück gehabt.«

Sie setzten sich in eine schattige Ecke der Terrasse, mit Blick auf den Badestrand. Zur Mittagszeit war sie gut besucht. Bei einem einheimischen Kellner bestellten sie Bier und eine Mahlzeit, und dann saßen sie da und verschnauften, schauten aufs Meer hinaus und beobachteten die Leute.

Elisabeth fühlte sich wohl. Jetzt war es Tag, sie war ausgeruht, und mit Stefan machte es Spaß, solange um sie herum genug los war. Im Moment war er einfach nur Teil eines großen Geschehens.

Vielleicht könnte ich ihm erzählen, was Sven gesagt hat, dachte sie. Vielleicht könnte ich es nachher versuchen.

Sie waren gerade mit dem Essen fertig, Stefan hatte sich eine Zigarette angezündet und lehnte sich auf seinem Stuhl zurück, da erblickte er die weißgekleideten Göteborger. Sie kamen gerade vom Strand herauf. Rasch beugte er sich über den Tisch zu Elisabeth vor.

»Du!«

»Ja?«

»Siehst du die beiden in Weiß da unten?«

»Ja, die mit den Tropenhelmen?«

»Genau. Gestern Nachmittag, als ich hier saß, haben sie ein Foto auf dem Tisch liegen lassen. Ich habe es mir angesehen, und weißt du, was darauf war?«

»Nein?«

»Ein nackter Neger.«

»Was?«

»Wirklich. Aber da ist noch eine Besonderheit. Ich habe das Bild in meinem Zimmer.«

»Hast du es nicht zurückgegeben?«

»Nein. Ich wollte es dir zeigen.«

»Was ist es denn?«

»Du wirst schon sehen.«

»Du kannst doch sagen, was es ist!«

»Wirst schon sehen, jetzt sei still!«

Die Göteborger gingen dicht an ihrem Tisch vorbei und in den Speisesaal hinein.

»Kannst du das Bild nicht holen?«

»Doch. Bin gleich wieder da.«

Stefan stand auf, lief hinunter zum Bungalow und holte das Foto, das er auf den Boden seines Koffers gelegt hatte. Als er zur Terrasse zurückkam, hatte Elisabeth Kaffee bestellt. Er setzte sich keuchend.

»Jetzt lass sehen!«

»Warte einen Moment.«

Stefan verschnaufte, dann holte er das Bild aus der Tasche und warf es vor Elisabeth auf den Tisch.

*

In einer Ecke des Speisesaals saßen die Göteborger und aßen. Als Elisabeth hereinkam und sich an den Nachbartisch setzte, warfen sie ihr nur einen flüchtigen Blick zu.

Sie konnte Fetzen ihres Gesprächs aufschnappen. Die beiden sprachen darüber, am Nachmittag Fahrräder auszuleihen und zu einem Friedhof zu radeln, der neben einem Badehotel lag, das Swindon Beach hieß.

Dann zahlten sie bei demselben Kellner, der Stefan und Elisabeth bedient hatte, standen auf und gingen an die Rezeption.

Als Elisabeth zu Stefan auf der Terrasse zurückkehrte, erzählte sie, was sie gehört hatte.

»Wollen wir was unternehmen?«, fragte er bloß.

»Was denn?«

»Keine Ahnung. Wollen wir schwimmen gehen?«

Sie kehrten zum Strand zurück, und diesmal entfernten sie sich ein wenig weiter vom Hotel, in der Hoffnung, so den Verkäufern zu entkommen.

Sie legten sich in den Sand. Elisabeth auf den Bauch und Stefan auf die Seite, den Kopf in eine Hand gestützt. Die Hitze brannte auf der Haut, und Elisabeth bat Stefan, er solle sie daran erinnern, Sonnenöl zu kaufen. Die Taschenkrebse hüpften über ihre Beine und Arme, und das Meer warf tiefblaue Brecher an den Strand und löschte ihre Spuren aus. Weit draußen konnten sie ein paar kleine Fischerboote erkennen, die auf den Wellenkämmen hüpften. Ein einheimischer Fischer fuhr mit seinem Fahrrad hart an der Wasserlinie entlang vorbei, und da schlug Stefan vor, ebenfalls Fahrräder auszuleihen und diesen Friedhof beim Swindon Beach zu suchen.

Elisabeth legte sich auf die Seite. Ihr Rücken begann sich zu röten, und die Haut war trocken. Mit zusammengekniffenen Augen sah sie Stefan an.

»Wieso denn?«

»Ich weiß nicht. Aber das Bild hat mich neugierig gemacht. Was das für Leute sind!«

»Ja, klar. Aber wäre es nicht besser, die Sache direkt anzugehen?«

»Direkt?«

»Ja, damit hast du doch keine Probleme. Du kannst zu ihnen hingehen, wenn sie essen, das Bild auf den Tisch legen und einfach sagen ›Das haben Sie wohl vergessen!‹«

»Und dann?«

»Ja ... Dann wirst du schon sehen, wie sie reagieren ...«

Stefan drehte sich auf den Rücken und legte einen Arm übers Gesicht.

»Was soll's. Ich scheiß auf ihre verdammten Bilder.«

»Aber können wir uns nicht trotzdem Fahrräder leihen? Ich kann heute wirklich nicht noch länger in der Sonne liegen. Und du musst auf deine Nase aufpassen.«

»Ist sie rot?«

»Ein bisschen.«

»Verflixt.« Stefan setzte sich auf. »Dann gehen wir aber gleich los. Sonst wird es zu spät.«

»Können wir nicht erst noch einmal schwimmen gehen?«, fragte Elisabeth.

Sie rannten hinunter zum Wasser und tauchten eine Weile durch die Wellen. Dann gingen sie zurück zum Hotel. Auf dem Weg fragte Stefan, ob Elisabeth nicht eine Kamera dabei hätte. Elisabeth nickte und sagte, sie hätte heute nur vergessen, sie mitzunehmen.

Fahrräder zu leihen war kein Problem, und pro Rad kostete es nur eine Krone für einen ganzen Tag. Sie fragten den Angestellten, wie man zum Hotel Swindon Beach komme. Wie sich herausstellte, lag es an der Straße zur Stadt, und Elisabeth fiel ein, dass sie morgens im Vorbeifahren ein Hotelgebäude gesehen hatte, auf das die Beschreibung passte.

Also strampelten sie in der sengenden Hitze los. Elisabeth voran, Stefan ungefähr zehn Meter hinter ihr. Auf der Straße wurden sie von wild hupenden Taxis und Lastwagen mit offenen Ladeflächen überholt. Alle waren besetzt mit Einheimischen, die Elisabeth und Stefan zuwinkten. Die Landschaft um sie herum bestand aus verdorrtem Gras in kurzen, struppigen Büscheln, wie sie es auf der Fahrt vom Flughafen schon gesehen hatten. Als sie Halt machten und eine kleine Pause am Wegrand einlegten, fragte Elisabeth, wie hier überhaupt etwas wachsen könne. Stefan zuckte mit den Schultern und starrte skeptisch auf die verbrannte Erde. Dann fuhren sie weiter. Etwa zwanzig Minuten später erreichten sie das Hotel, und ohne sich erkundigen zu müssen, entdeckten sie den Friedhof. Er befand sich auf der anderen Seite der Straße, etwa hundert Meter entfernt. Sie fuhren hin und lehnten die Fahrräder an den halb niedergerissenen Zaun, der den Friedhof umgab.

Der Begräbnisplatz lag auf einem Sandhügel, etwa fünfzig Meter vom Meer entfernt. Er erstreckte sich über ungefähr drei Kilometer. Stefan und Elisabeth betraten ihn durch eine Öffnung im Drahtzaun, wo früher zwei hohe Eisentore gehangen hatten. Sie waren umgestürzt, und Stefan und Elisabeth mussten darüber hinwegklettern, um hineinzugelangen. Stefan nahm Elisabeth an der Hand, um ihr zu helfen, und hielt sie danach weiterhin fest, und sie ließ es zu.

Elisabeth streifte die Holzschuhe ab und lief barfuß, aber schon nach ein paar Schritten stieß sie einen kurzen Schrei aus. Sie hatte sich an dem verdorrten Gras gestochen und musste die Schuhe wieder anziehen.

»Beißen sie?«, fragte Stefan.

»Wer?«

»Die Toten.«

»Ach was.«

Sie brauchten nicht viele Schritte, um zu sehen, wie heruntergekommen der Friedhof war. Grabsteine und Kreuze waren umgekippt und lagen kreuz und quer übereinander. Weiße Betonplatten waren gesprungen und in großen Brocken zu Boden gestürzt. Verrostete Eisenketten hatten sich aus ihrer Verankerung gelöst. Die Grabinschriften waren meist bis zur Unkenntlichkeit verwittert.

Die Sonne brannte und blendete sie über den weißen Steinen, als sie sich zwischen den Gräbern umsahen. Der Verfall war fast unheimlich.

»Wie scheußlich.«

»Typisch für diese Göteborger, hier gehen sie hin.«

Vorsichtig begannen sie, zwischen den Gräbern herumzuwandern. Stefan hielt noch immer Elisabeths Hand. Hin und wieder blieben sie stehen und versuchten, die Inschriften zu lesen. Alle Namen, die sie entziffern konnten, waren englisch, und die Geburts- und Todesdaten erstreckten sich vom Beginn des 19. Jahrhunderts bis in die fünfziger Jahre. In einige der weißen Kreuze oder Grabsteine waren Rahmen mit vergilbten Fotografien eingelassen. Alle zeigten sie weiße Menschen.

Es wurde immer unbehaglicher, auf dem Friedhof umherzugehen.

Elisabeth fand auch, dass es hier komisch roch. Und nirgends konnten sie das weißgekleidete Paar aus Göteborg entdecken.

»Lass uns gehen«, schlug Elisabeth vor.

»Ja«, erwiderte Stefan.

Sie kehrten zurück, kletterten über die umgestürzten Eisentore und nahmen ihre Fahrräder, schüttelten das Unbehagen ab und schwangen sich auf die Sättel.

»Sollen wir zu diesem Hotel fahren?«, schlug Elisabeth vor.

»Swindon Beach?«

»Genau.«

»Das können wir machen. Ich habe Durst.«

Sie radelten auf der Hauptstraße zurück und machten vor dem Hoteleingang halt. Dort lehnten sie ihre Fahrräder an einen Baum und bahnten sich einen Weg durch eine Reihe von freien Taxis und Fahrern, die herumstanden und sich unterhielten.

»Hast du Ndou noch einmal gesehen?«, fragte Stefan, als sie das Hotel betraten.

»Nein, heute nicht«, sagte Elisabeth.

»Setzen wir uns doch da hinten hin.« Stefan deutete auf die Terrasse, die zum Strand hin lag.

Sie bestellten Coca-Cola und machten es sich bequem. In diesem Moment fiel es Elisabeth leicht, mit Stefan zu reden. Jetzt wirkte er entspannt, und er schaute nicht in alle möglichen anderen Richtungen, während sie mit ihm sprach.

»Es war scheußlich, da auf dem Friedhof«, begann sie.

»Ja.«

»Das war wohl ein Friedhof der Engländer. Offenbar haben sie ihn zerstört, nachdem die abgezogen sind.«

»Wer?«

»Die Leute, die hier leben. Nach dem Abzug der Engländer. Weißt du, der Typ, mit dem ich gestern unterwegs war, hat viel erzählt. Was die Menschen von den Weißen hier halten, und speziell von den Engländern.«

»Die mögen sie doch.«

»Ganz und gar nicht. Sie hassen Weiße.«

»Aber überhaupt nicht. Das musst du doch bemerkt haben.«

»Stell dir vor, du hättest damals in der Kolonie gelebt. Oder wärst ein Sklave gewesen.«

»Wie bitte?«

»Ja, wie die Leute es hier gewesen sind. Unter den Engländern.«

»Die Engländer wurden doch gebraucht.«

»Wozu?«

»Um die Paviane unter Kontrolle zu bekommen.«

»Hör auf.«

»Wieso? Wer hätte denn sonst diese Hotels gebaut? Hast du übrigens bemerkt, wie ähnlich die sich alle sind? Dieselben Terrassen, dieselben Speisesäle, dasselbe Drumherum.«

»Möchte wissen, wem diese Hotels gehören.«

»Schwedischen Unternehmen, glaube ich.«

»Wieso?«

»Die betreiben doch die Reisebüros und kassieren die Kohle. Dann gehört ihnen bestimmt auch das ganze Zeug hier.«

»Müssten nicht die Einheimischen ihre eigenen Hotels besitzen?«

»Warum das denn? Kann doch jeder ein Hotel bauen, der ein paar Ideen hat. Und die Kohle. Oder das Kapital, wie mein Vater es nennt.«

Jetzt wurde es wieder schwieriger, mit Stefan zu kommunizieren. Elisabeth merkte, dass es ihr nicht gelang, genau das auszudrücken, was sie sagen wollte.

Nach einer Weile wurde ihnen langweilig, und sie hatten Lust, wieder etwas zu unternehmen. Natürlich kam Stefan als Erster mit einem Vorschlag, obwohl Elisabeth selbst einige Ideen hatte. Er meinte, sie sollten in die Stadt radeln und den Markt suchen, der in den Reisebroschüren beschrieben war. Vielleicht könnte man dort etwas Schönes kaufen. Elisabeth nickte, das war eine gute Idee, und sie zahlten und radelten los.

Schon aus der Ferne entdeckten sie Ndou in der Schar von kleinen Jungen, die vor Elisabeths Hotel herumhingen. Sie hielten genügend Abstand von dem Riesen, der den Hoteleingang bewachte, aber sobald ein Tourist aus dem Hotel heraustrat, umringten ihn sofort einige Jungen. Entweder wurden sie abgewiesen oder als Begleiter angenommen.

Stefan hielt Elisabeths Fahrrad, während sie hinauf in ihr Zimmer lief, um ihre Instamatic zu holen. Ndou kam an und begrüßte ihn. »Hallo«, antwortete Stefan.

Ndou fragte, was sie vorhätten, und erbot sich, Elisabeths Fahrrad zu halten. Stefan erwiderte, das sei nicht nötig, und sie wollten zum Markt radeln. Ndou war sofort bereit, sie zu begleiten und ihnen den Weg zu zeigen, aber Stefan schüttelte den Kopf und sagte, sie wollten eine Weile allein sein. Da grinste Ndou breit und fragte, ob sie sich denn am nächsten Tag treffen könnten. »Vielleicht«, entgegnete Stefan. Genau in diesem Moment kam Elisabeth wieder aus dem Hotel.

Sie radelten auf der Winston Street in die Stadt hinein. In der Hitze legte sich der widerwärtige Geruch, der über der Gegend hing, rasch auf die Zunge. Der Verkehr auf der Straße war chaotisch, und sie nahmen sich in Acht. Irgendwelche eindeutigen Verkehrsregeln schien es nicht zu geben. Autos fuhren kreuz und quer auf der rechten und der linken Fahrbahn, und die Fußgänger überquerten die Straße, wann es ihnen passte. Hunde und schmutziggraue Ziegen streiften ungeniert entlang des Straßenrands umher und schnupperten am Abfall. Die Menschen waren überwiegend in prächtige Farben gekleidet. Die Frauen hatten lange Batikkleider an und bunte Tücher um den Kopf geknotet. Die Art, wie sie ihre kleinen Kinder auf dem Rücken trugen, verlieh ihnen eine aufrechte und würdige Haltung. Fast alle kauten auf irgendwelchen blassgrünen Zweigen herum, die die Zähne säuberten und das Zahnfleisch massierten. Das waren ihre Zahnbürsten. Einige Männer waren ganz in Weiß gekleidet und hatten viereckige Mützen auf dem Kopf. Offenbar waren sie Moslems. Die übrigen trugen kurzärmelige Hemden und Hosen aus denselben bunten Stoffen wie die der Frauen. An den Füßen hatten sowohl Männer wie Frauen billige Badelatschen.

Die Bürgersteige waren vollgestellt mit kleinen Tischen oder Körben, wo verschiedene Waren angeboten wurden. Aber Stefan und Elisabeth konnten kaum erkennen, welche Geschäfte hier getätigt wurden. Sie mussten sich ständig darauf konzentrieren, niemanden anzufahren, der rasch die Straße überquerte, oder auf Autos achten, die eine Vollbremsung hinlegten oder plötzlich die Fahrtrichtung wechselten.

An einem Straßenrondell, in dessen Mitte eine hohe Statue von einem englischen Afrika-Eroberer aus dem 19. Jahrhundert stand, machten sie Halt und berieten sich über den weiteren Weg. Als sie sich umsahen, entdeckten sie, dass der Markt genau nebenan lag.

Sie schoben ihre Fahrräder um das Rondell herum und gingen hinüber zum Marktplatz. Ihre Räder lehnten sie an einen halb verdorrten Baum, schlossen sie ab und tauchten ein in das Gewühl.

Der Markt lag auf einem großen offenen Gelände, das sich über einen halben Kilometer bis hinunter zum Strand erstreckte. Es wimmelte von Ständen, kleinen Bretterbuden mit einem Dach darüber, das oft nur aus einer Persenning bestand. Das Gedränge hier war enorm, und Elisabeth schloss für einen Moment die Augen. Wortfetzen und Sätze dröhnten ihr in den Ohren, und eine Mischung der verschiedensten Gerüche stieg ihr in die Nase. Scharf oder bitter, süß oder faulig.

»Schläfst du?«, fragte Stefan.

Elisabeth schüttelte den Kopf, und sie drängten sich weiter in dem Labyrinth voran. Oft war es so eng, dass sie kaum wussten, ob sie sich vor oder hinter den Ladentischen der verschiedenen Stände befanden. Und anfangs schien ihnen die Anzahl der Waren unendlich, aber nach einer Weile merkten sie, dass es immer wieder die gleichen Dinge waren, die hier feilgeboten wurden. Vor allem Kleidung und Souvenirs.

Elisabeth blieb an einem Stand stehen, wo Batikstoffe angeboten wurden, und da las sie auf einem Schild, dass man sich auch Kleider nähen lassen konnte. Kaum war sie stehen geblieben, kam eine große Afrikanerin und begann ihr die Stoffe zu zeigen, während sie laut lachend fragte, woher sie komme, was ihr gefiele, ob Stefan ihr Mann sei und dergleichen mehr. Elisabeth wandte sich zu Stefan um und bat ihn, ihr beim Feilschen zu helfen, wenn sie etwas fände, was ihr gefiel.

»Ruf mich einfach«, sagte Stefan. »Ich laufe ein bisschen herum und schaue mich um.«

»Willst du nichts zum Anziehen?«, fragte Elisabeth.

»Ich weiß nicht«, entgegnete Stefan und ging zu einem anderen Stand, wo man verschiedene Instrumente feilbot. Holzflöten, Trommeln und eigenartige Saiteninstrumente.

Nach einer Weile entdeckte Elisabeth einen Stoff, der ihr gut gefiel. Er war dunkelblau mit blassroten Flecken. Meerfarben, wie sie fand. Zwar wusste sie noch nicht recht, wozu sie ihn gebrauchen würde, aber das konnte sie später entscheiden. Sie schaute sich nach Stefan um. Er war in eine heftige Diskussion mit einem Verkäufer verwickelt. Es ging um den Preis einer kleinen Querflöte. Als Elisabeth nach ihm rief, lachte er und gab ein »Warte« zurück. Da pfiff

Elisabeth auf das Feilschen und zahlte, was die Verkäuferin verlangte. Das Stück Stoff, das zwei mal zwei Meter maß, kostete dreißig Kronen, und das war ja wirklich nicht besonders viel. Sie legte das Tuch über den Arm, bedankte sich und ging zu Stefan hinüber, der immer noch versuchte, den Preis für die Querflöte zu drücken.

»Wie viel hast du dafür bezahlt?«, fragte Elisabeth.

»Einen Zehner«, sagte Stefan.

»Hast du gefeilscht?«

»Er ist um die Hälfte heruntergegangen«, antwortete Stefan. Sie setzten ihren Spaziergang durch die Ansammlung von Marktzelten fort.

Es verspricht, ein schöner Tag zu werden, dachte Elisabeth. Auch mit Stefan. Und vielleicht konnte sie es auf diesem Kumpelniveau belassen. Denn sie hatte keine Lust, auf eine andere Art mit ihm zusammen zu sein.

Sie betrachtete ihn aus dem Augenwinkel. Wenn er dieses selbstsichere Lächeln ablegte, sah sie in ihm einen kleinen Jungen von fünfzehn Jahren.

Er bemerkte, dass sie zu ihm hinsah.

»Was ist?«

»Ich schau dich an.«

Elisabeth war selbst überrascht, dass sie so direkt geantwortet hatte.

»Und was siehst du?«

»Dich«, antwortete Elisabeth.

Stefan zuckte nur mit den Schultern, und sie blieben stehen und betrachteten einen Mann, der in einem winzigen Stand eingeklemmt saß und ein Paar Hosen auf einer Tretnähmaschine nähte. Offenbar waren sie für einen dicken, großen Touristen gedacht. Der stand daneben und schaute aufmerksam zu, wie die Hose Form annahm. Neben ihm wartete seine Frau, die klein und dünn war und blaue Haare hatte. Sie redeten Amerikanisch miteinander.

»Typische Amis, die beiden«, sagte Stefan, als sie sich weiterdrängten. »Die Alte mit blauen Haaren und der verschwitzte Fette mit fünfzehn Kameras über dem Bauch. ›Americans‹«, sagte er und zog die Mundwinkel bis zu den Ohren hoch, und Elisabeth lachte.

Allmählich drangen sie bis zu dem Teil des Marktes vor, wo Lebensmittel verkauft wurden, und dort wurde es plötzlich ekelhaft. Frisch geschlachtetes Fleisch lag auf dem nackten Boden, und Schwärme von Fliegen krabbelten darauf herum. Obst und Mehl, Brot und Fisch lagen direkt auf dem festgetrampelten Sand, und es roch teils sauer, teils süßlich. Elisabeth und Stefan fanden es einfach nur widerlich und zogen rasch weiter.

»Eklig, wenn man so was essen muss«, sagte Stefan.

Elisabeth nickte nur. Ihr war übel, und sie fürchtete, sich übergeben zu müssen. Sie versuchte, an etwas anderes zu denken, aber das Bild der Fliegenschwärme auf dem blutigen, fettigen Fleisch tauchte immer wieder in ihrem Kopf auf.

»Lass uns mal wieder hinausgehen«, schlug sie vor.

»Keine schlechte Idee«, meinte Stefan.

Sie blieben stehen und sahen sich um. Jetzt befanden sie sich so tief in dem Marktlabyrinth, dass sie keinen Weg sahen, der definitiv hinausführte.

»Man muss wahrscheinlich nur immer in eine Richtung gehen«, sagte Stefan. »Irgendwo muss man ja herauskommen.«

Sie gingen aufs Geratewohl weiter, aber es dauerte eine ganze Weile, sich durchzudrängeln, und sie mussten viele Umwege nehmen, wenn es plötzlich nicht mehr weiterging.

Als sie den Markt schließlich verließen, waren sie so verschwitzt, dass sie direkt zum Meer gingen und sich die Gesichter wuschen und barfuß am Wassersaum entlanggingen, um die Füße zu kühlen. Nach dem vielen Herumlaufen waren sie müde und erhitzt.

Am Strand spielte ein Dutzend halbwüchsiger Jungen Fußball mit einem alten Ball, dessen Nähte notdürftig geflickt waren. Als Tore hatten sie Holzpfosten in den Sand gerammt. Unter einer Baumgruppe saß eine Gruppe Moslems im Schatten. Die Männer ließen Perlenketten durch ihre Finger gleiten, und vor ihnen lagen kleine Gebetsteppiche auf dem Boden. Gerade als Elisabeth und Stefan in ihre Schuhe geschlüpft waren, um wieder zur Straße hinaufzugehen, begannen die Moslems zu beten. Sie knieten auf ihren Gebetsteppichen und berührten sie mit der Stirn. Ihr Gemurmel klang in Stefans und Elisabeths Ohren wie ein Klagegesang. Die beiden blieben abrupt stehen und wussten nicht recht, wie sie sich verhalten sollten. Die Situation war zugleich faszinierend und erschreckend.

In diesem Moment beging Elisabeth den Fehler, ihre Kamera hervorzuholen und ein Foto von den Männern zu machen, die vornübergebeugt auf den Knien lagen und beteten. Als das einer der Moslems sah, erhob er sich abrupt und rannte wütend auf sie zu. Er riss ihr die Kamera aus den Händen, schrie unbegreifliche Worte auf sie ein und fuchtelte mit der Faust vor ihrem Gesicht herum. Elisabeth und Stefan erschraken zutiefst. Elisabeth begann zu zittern und glaubte ohnmächtig zu werden, und Stefan bekam ebenfalls Angst.

Wie gelähmt standen sie da, während der alte Mann schrie und seine Fäuste schüttelte, ehe er die Kamera wütend in den Sand warf und zu seinem Gebetsteppich zurückkehrte, wo er sofort vornüber sank und wieder in den Klagechor einstimmte.

Vor Schreck fing Elisabeth zu weinen an, und Stefan zitterte am ganzen Körper, als er sich vorbeugte, die Kamera aus dem Sand hob und sie säuberte.

»Wir hauen ab«, sagte er.

Sie machten einen weiten Bogen um den Klagechor, und Stefan legte den Arm um Elisabeth. Die beruhigte sich und wischte sich das Gesicht mit dem Tuch ab, das sie gekauft hatte.

»Was hatte der nur?«, fragte Stefan.

Sie setzten sich in den Sand.

»Ich weiß nicht. Ich habe einfach nur ein Foto gemacht.«

»Warum ist er dann so wütend geworden?«

»Woher soll ich das wissen?«

Nach einer Weile fanden sie ihre Räder und kehrten zum Hotel zurück. Erst als sie in der kühlen Bar angekommen waren und Kaffee und kalte Limonade bestellt hatten, fiel die Anspannung allmählich von ihnen ab.

»Mit Fotos haben wir anscheinend kein Glück«, sagte Stefan.

»Wieso?«

»Na ja, erst finde ich dieses abscheuliche Bild, und dann kommt dieser alte Mann an und schreit herum.«

»Ja, da hast du recht.«

Viel mehr gab es nicht zu sagen. Das Erlebnis hatte sie erschüttert, und nicht einmal Stefan konnte verbergen, dass es ihn immer noch mitnahm. Das Hotel mit seiner kühlen Bar und die Nähe anderer Touristen boten eine Art Schutz, und keiner von ihnen hatte Lust, wieder hinauszugehen. Jedenfalls nicht im Moment.

Einer der Kellner lehnte am Tresen und lauschte einem Transistorradio, das Popmusik spielte. Und als sie eines der Lieder erkannten, vermittelte auch das ihnen ein Gefühl von Sicherheit.

»Leon Russel«, sagte Elisabeth.

»Space Captain«, konterte Stefan.

Da ließ der Druck nach, und sie entspannten sich in den schwarzen Plastiksesseln.

Allmählich wurden sie hungrig, und Elisabeth schlug vor, Stefan solle mit ihr im Hotel essen.

»Aber die Fahrräder«, wandte er ein. »Die müssen wir doch abliefern.«

»Nimm sie doch im Taxi mit, wenn du zurückfährst«, meinte Elisabeth.

»Oder es hat Zeit bis morgen«, sagte Stefan.

Beim Essen fand sich dann eine Erklärung für das nachmittägliche Ereignis, und das kam dadurch, dass sich Sven zu ihnen an den Tisch setzte. Eigentlich war es Elisabeth, die ihm zuwinkte, als sie sah, dass er den Speisesaal betrat und sich nach einem freien Platz umschaute. Er kam zu ihnen herüber, begrüßte Stefan und setzte sich auf den freien Stuhl an ihrem Tisch. Er war ausgelassen und guter Laune, und er erzählte, er habe den ganzen Tag am Strand gelegen. Das sah man ihm auch an, denn sein Gesicht und die Arme waren gerötet.

»Tut es nicht weh?«, fragte Elisabeth.

»Noch nicht, aber sicher bald«, erwiderte Sven.

Und dann fragte er, was sie unternommen hätten, und Elisabeth erzählte von der Episode am Strand, wo sie die Betenden fotografiert hatte. Sven legte die Gabel beiseite und hörte zu, und er nickte zuerst ernst, aber lächelte dann, als er erfuhr, dass alles gut ausgegangen war. Schließlich fragte Elisabeth ihn, warum ihr Fotografieren so eine wütende Reaktion hervorgerufen hätte. Man fotografiere keine Moslems, erklärte er. Ihre Religion verbiete es ihnen, sich fotografieren zu lassen. Weshalb das so war, wusste er nicht, aber vielleicht galt bei ihnen dasselbe wie bei den Indianern: dass beim Fotografieren ein Teil der Seele geraubt wurde. »Aber«, fügte Sven hinzu, »es hätte schlimmer kommen können. Wenn einem Moslem etwas widerfährt, das gegen seine Religion geht, wird er fanatisch.« Dann fragte er, ob sie die Moschee gesehen hätten, die gleich neben dem Hotel lag. »Die können wir beide betreten«, sagte er und sah Stefan an, »aber nicht Elisabeth, denn Frauen sind dort verboten. Das ist auch Teil ihrer Religion.«

Als sie anschließend von ihrem Besuch auf dem verfallenen Friedhof erzählten, war Sven sichtlich erstaunt.

»Was hat euch denn da hingeführt?«, fragte er.

Elisabeth warf einen raschen Blick zu Stefan, und sie unterließ es, von den weißgekleideten Göteborgern und dem sonderbaren Bild zu erzählen.

»Wir sind einfach da hingeradelt«, antwortete sie.

Sven erzählte, er sei selbst am Vormittag dort gewesen. Er hatte den Verfall und die Zerstörung ebenso stark empfunden wie sie. »Aber mir hat das gefallen«, fügte er hinzu. »Das war der private Friedhof der Engländer. Dort haben sie ihresgleichen begraben, und kein Einheimischer durfte seinen Fuß hineinsetzen. Dieser Friedhof war ein England in Miniatur. Alles sollte genau so sein wie in ihrer Heimat. Diejenigen, die dort begraben liegen, sind die echten Banditen in diesem Land. Die Kolonialherren. Kein Wunder, dass die Einheimischen den Friedhof jetzt verfallen lassen. Sie wissen, wie viel Bosheit dort begraben liegt. Für sie gibt es keine Veranlassung, deren Gräber zu pflegen. Aber für mich ist dieser Friedhof auch ein Symbol für den definitiven Untergang der europäischen Kolonialmacht.«

Er lächelte Stefan und Elisabeth an, ehe er sich wieder seiner Mahlzeit widmete.

Nach dem Essen gingen sie hinaus und setzten sich auf die Terrasse. Die Dunkelheit war genauso abrupt hereingebrochen wie am Abend zuvor, aber eine stille laue Wärme lag in der Luft. Sie balancierten ihre Kaffeetassen auf den Knien, während sie redeten.

»Wem gehören diese Hotels?«, fragte Stefan plötzlich.

»Dem internationalen Kapitalismus in Gestalt von Reisebüros«, erwiderte Sven rasch und schaute die beiden neugierig an, um zu sehen, wie sie reagierten.

»Was heißt das?«, fragte Elisabeth.

»Willst du eine lange oder eine kurze Antwort?«, entgegnete Sven lachend.

»Eine, die ich verstehe«, sagte Elisabeth.

Sven nickte und stellte seine Kaffeetasse auf der Steinmauer hinter den Stühlen ab. Dann begann er zu reden, langsam und mit Nachdruck.

»Die Weißen, in erster Linie Europäer, sind nicht aus Abenteuerlust in die Welt hinausgefahren, um Kolonien zu errichten. Sie taten es aus zwei Gründen. Einerseits, um Länder zu finden, die Rohstoffe besaßen, die für die Europäer nützlich waren. Andererseits, um neue Märkte zu erschließen, wo sie ihre Waren verkaufen konnten. Und da kamen sie unter anderem nach Afrika. Hierher zum Beispiel. In diesem Land finden sich keine bedeutenden Rohstoffe, aber es gab Arbeitskraft, die auch eine Art Rohstoff ist. Die Europäer unterwarfen die Einheimischen, und die Bevölkerung musste unter ihren weißen Herren in Sklaverei leben. Im Ersten Weltkrieg ging es nicht zuletzt darum, dass große Kolonialländer wie Deutschland, England und Frankreich ihre Gebiete hier in Afrika und Asien ausdehnen wollten. Und dahinter stand der Wunsch der Kapitalisten, noch mehr Geld zu verdienen. Heute sind viele Unternehmen internationale Großkonzerne, und das gilt auch für die Reisebranche. Als man feststellte, dass die Menschen aus den reichen Teilen der Welt, beispielsweise Schweden, immer mehr und weiter zu reisen begannen, hat man rasch neue, attraktive Ziele gesucht, wie zum Beispiel dieses Land. Man baute Hotels und begann, noch mehr Geld zu scheffeln. Aber das Schlimme dabei ist, und so funktioniert der Kapitalismus, dass nichts davon diesem armen Land zugutekommt. Das meiste Geld, das die Touristen hierherbringen, fließt zurück nach Europa und Amerika und landet in den Taschen der Kapitalisten. Natürlich finden dadurch auch etliche Einheimische Arbeit, aber wie viel bekommen sie dafür bezahlt? Da es so viele Arbeitslose gibt, kann man die Löhne niedrig halten. Wenn du dich beschwerst, findet sich sofort ein anderer, der deine Stelle liebend gern übernimmt.

Nachdem sich dieses Land glücklich von der Unterdrückung durch die Engländer befreit hatte, machte sich sofort etwas breit, das man Touristenimperialismus nennen könnte, und genau den betreiben die Reisebüros hier. Es ist teuflisch, aber so ist es. Die Einheimischen sollten natürlich selbst die Hotels besitzen und das Geld, das wir Touristen ausgeben, müsste im Land bleiben und für den Aufbau benutzt werden, für Arbeitsplätze, Schulen und Krankenhäuser, und um den Armen hier das Leben zu erleichtern.«

Sven verstummte und griff nach seiner Kaffeetasse. Er nahm einen Schluck.

»Kalt«, sagte er. »Habt ihr verstanden, was ich meine?«

»Klar, ich habe es schon kapiert«, sagte Stefan.

»Ich denke, ich auch«, bestätigte Elisabeth.

Dann saßen sie eine Weile still da und schauten in die Dunkelheit hinaus. Ein paar Dänen hockten in einer Ecke der Terrasse und sangen. Andere gingen in die Dunkelheit hinaus, um einen Spaziergang zu machen. Und wieder andere hatten sich umgezogen, um einen Nachtclub zu besuchen.

Nach einer Weile stand Sven auf und sagte, er wolle auf sein Zimmer gehen. Er nickte den beiden zu und meinte, er würde gern wieder einmal mit ihnen essen. Stefan und Elisabeth verabschiedeten sich, und dann waren sie wieder allein.

Elisabeth fühlte sich ziemlich zerschlagen und müde. Die Hitze war anstrengend, und am liebsten würde sie in ihr Zimmer hinaufgehen, duschen, sich dann auf dem Bett ausstrecken und schlafen.

Stefan wirkte ebenfalls erschöpft. Er fläzte auf dem Stuhl und bewegte sich kaum. Aber als der Kellner kam und fragte, ob sie noch einen Wunsch hätten, setzte er sich schnell wieder auf und bestellte Gin and Grape. Dann grinste er Elisabeth an und sagte, das würde jetzt guttun.

»Hättest du vielleicht auch gern was?«
»Nein. Ich bin zu müde.«
»Jetzt schon?«
»Ja, jetzt schon.«
»Hm.«

Stefan zuckte mit den Schultern, und Elisabeth empfand plötzlich wieder eine große Distanz. Binnen einer Sekunde konnte Stefan wie ausgewechselt sein, mit seinem unerträglichen Grinsen und dieser schroffen und reservierten Art.

Sie wurde wütend und fand es sinnlos, noch länger sitzen zu bleiben. Also stand sie auf, stellte die Tasse auf dem

Stuhl ab und sagte, sie wolle hinaufgehen und sich hinlegen.

»Ich schau nachher vielleicht vorbei«, feixte Stefan.

»Das machst du auf gar keinen Fall«, entgegnete Elisabeth, drehte sich um und ging davon.

Sie holte den Schlüssel an der Rezeption und wollte gerade die Treppe hinaufsteigen als eine Gestalt neben ihr auftauchte.

Es war einer der Kellner aus dem Speisesaal. Er war ungefähr zwanzig und lachte über das ganze Gesicht.

»Excuse me«, sagte er.

»Yes«, antwortete Elisabeth.

Der Mann fragte er, ob er ihre Adresse bekommen könnte. Als Elisabeth wissen wollte, wozu denn, erklärte er, er würde so furchtbar gern nach Schweden fahren, um dort zu arbeiten. Elisabeth fragte, warum. Er sagte, im Hotel würden sie so schlecht bezahlt, und er wolle nach Schweden, das müsse ja das Paradies auf Erden sein. Er hätte hier im Hotel so viel von schwedischen Touristen gehört, und jetzt wolle er ihre Adresse haben, damit er sie dort besuchen könne. Ich möchte wissen, was die Leute ihm über Schweden eingeredet haben, dachte Elisabeth. Natürlich konnte er ihre Adresse bekommen. Er wirkte nicht so, als ob er sie anmachen wollte, also ging das wohl in Ordnung. Sie erklärte, sie würde ihm morgen einen Zettel mit ihrer Anschrift geben.

»Thank you. Thank you very much«, sagte er und strahlte übers ganze Gesicht.

Elisabeth ging langsam die Treppe hinauf. Ihre Beine waren müde, und sie fühlte sich schrecklich erschöpft. Im Moment wünschte sie Stefan zum Teufel und wollte nur schlafen.

Sie wusch sich die Haare und duschte lange, ehe sie sich zwischen den kühlen Laken ausstreckte. Durch das Fenster, vor das ein Moskitonetz gespannt war, hörte sie das Gemurmel von der nächtlichen Straße heraufdringen. Vereinzelt fuhren Autos vorbei, und Gelächter hallte an der Hauswand wider. Sie lag im Halbdunkel, schloss die Augen und dachte an den vergangenen Tag. Bilder flimmerten im Kopf vorbei, und sie versuchte erst gar nicht, sie zu einem Muster zu ordnen. Es war warm, fast stickig im Raum, und sie warf die Decke von sich. Ihre Haut war trocken und heiß, und sie dachte, morgen müsste sie sich unbedingt Sonnenöl besorgen.

Sie war am Einschlafen, als sie plötzlich aufschreckte. Der Stoff, den sie gekauft hatte! Den hatte sie unten im Speisesaal vergessen. Und die Fahrräder! Wenn Stefan da unten saß und sich betrank, vergaß er sie bestimmt. Sie sprang aus dem Bett, schlüpfte in ihre Kleider und lief die Treppen hinunter.

Kurz bevor sie in die Rezeption kam, blieb sie stehen und fuhr sich durch die Haare, ehe sie weiterging. Die Rezeption war fast leer. Ein paar bleiche gelbe Lampen dämmerten an der Decke. Hinter der Theke saß der Nachtportier, ein alter Schwarzer mit einem grauen Spitzbart. Ein dänisches Paar hatte es sich auf einem Sofa bequem gemacht und las Reisebroschüren, und ein Tischventilator summte eintönig.

Elisabeth ging hinaus auf die Terrasse. Sie war leer, und draußen auf der Straße war es pechschwarz. Kein Mensch war zu sehen. Es muss spät sein, dachte sie. Sie ging weiter und stellte fest, dass die Fahrräder noch dastanden. Verflixt, dachte sie. Stefan hat den Schlüssel zu seinem Rad. Ich muss morgen früh zu seinem Hotel fahren und dann die Fahrräder mit einem Taxi abholen.

Sie ging zurück auf die Terrasse und weiter in den Speisesaal. Über der Stuhllehne an dem Tisch, an dem sie gegessen hatten, lag der Stoff.

Sie kehrte auf die Terrasse zurück und setzte sich. Um sie herum war es ganz still. Nur ein schwaches Sirren, das an Indianerfilme erinnerte, war zu hören. Ein einsames Taxi ratterte vorbei und beleuchtete für einen Augenblick die Straße. Da meinte sie, ein paar Schatten zu erkennen, die auf der anderen Straßenseite unter einem Baum saßen. Es schauderte sie ein bisschen, und sie spürte, dass sie gern Gesellschaft gehabt hätte. Jetzt war sie wieder hellwach und würde bestimmt nicht so schnell einschlafen können. Vielleicht konnte sie ein Taxi zu Stefans Hotel nehmen. Aber sie wagte es nicht, sich allein mitten in der Nacht in ein Taxi zu setzen.

Dann fragte sie sich, was Stefan machte. Er war vermutlich in sein Hotel zurückgekehrt und tobte sich aus. Es tat ihr ein bisschen leid, dass sie so wütend auf ihn geworden war. Mittlerweile hätte sie ja wissen müssen, wie er ticke. Er hatte bestimmt das Bedürfnis gehabt, sich Sven gegenüber zu behaupten, nachdem der so viele interessante Sachen gesagt hatte. Ach ja, Sven. Was machte der eigentlich? Er schlief wohl, nahm sie an.

Eine Weile blieb sie noch allein auf der Terrasse sitzen. Sie kippelte mit dem Stuhl und spielte mit den Holzschuhen, die an ihren Zehenspitzen baumelten.

*

In dieser Nacht fand Stefan sein schwarzes Mädchen, und zwar an der Bar seines Hotels. Nachdem Elisabeth gegangen war, war er gleich losgezogen. Er hatte zwar an die Fahrräder gedacht, sie aber stehen lassen. Nachdem er aus dem Taxi gestiegen war, ging er direkt in die Bar. Dort waren ziemlich viele Leute, vor allem jüngere. Er landete an einem Tisch, wo die beiden betrunkenen Typen aus dem Flugzeug mit drei schwarzen Mädchen zusammensaßen. Sie hatten schon ordentlich getankt und ihn lautstark zu sich gerufen. Stefan drängte sich zu dem Tisch durch, und sie stellten sich in einem Kauderwelsch aus Englisch und Schwedisch vor. Aus der Jukebox schallte Popmusik, und in der Bar ging es laut und chaotisch zu. Stefan verstand, dass die beiden jungen Männer aus Trollhättan kamen und dort im SAAB-Werk arbeiteten. Sie hießen Lars-Erik und Robban und waren beide kräftig gebaut. Stefan empfand sie als typische schwedische Kerle.

Wie die Mädchen hießen, verstand er nicht. Hübsch waren sie aber alle drei, und nur eine von ihnen hatte diese drahtigen Haare.

In der Bar herrschte ein solches Chaos, dass sich Stefan davon gestresst fühlte und fürchtete, er würde zu schnell trinken. Lieber wollte er einen einigermaßen klaren Kopf behalten und versuchen, eines der Mädchen aufzureißen. Es brauchte eine Weile, bis er herausfand, welche für ihn frei war, und es war nicht die mit den drahtigen und krausen Haaren.

Lars-Erik und Robban grölten in einer Mischung aus Englisch und Schwedisch, manchmal schlich sich auch ein deutsches Wort ein, und Stefan dachte, sie hatten bestimmt nur die Hauptschule besucht.

Nach ein paar Drinks wurde es richtig lustig, und sie lachten über alles. Die schwarzen Mädchen verstanden vermutlich nicht viel, lachten aber trotzdem mit. Es ging drunter und drüber. Gläser kippten um, aber die Getränke waren so billig, dass es nichts ausmachte. Die Jukebox kreischte, alle Besucher kreischten und schwitzten. Verstohlen schnüffelte Stefan an seinen Achselhöhlen, um sich zu vergewissern, dass da kein muffiger Geruch durch das Deodorant drang.

Schließlich schlug er vor, in den Nachtclub zu gehen. Lars-Erik und Robban waren sofort dabei. Keiner fragte die Mädchen nach ihrer Meinung, denn sie schienen ihnen auf jeden Fall sicher zu sein.

Also zahlten sie und drängten sich aus der Bar. Auf dem Weg zum Aufzug, der sie zum Nachtclub im obersten Stockwerk des Hauses bringen sollte, verschwand Lars-Erik auf die Toilette, und Stefan folgte ihm. Robban wartete draußen mit den Mädchen. An der Pissrinne kamen sie ins Gespräch. Lars-Erik schwankte und verfehlte die Rinne ein paar Mal. Stefan schaukelte mit, obwohl er durchaus noch gerade stehen konnte. Aber so war es gerechter.

»Da kannst du ein paar sichere Nummern schieben«, sagte Lars-Erik.

»Wo hast du die aufgegabelt?«

»Am Strand. Sie haben sich nicht geziert. Hast du schon mal eine Schwarze gefickt?«

»Ja«, sagte Stefan.

»Hattest du nicht im Flieger ein Mädchen dabei? Das in dem Hotel in der Stadt wohnt?«

»Kann praktisch sein, jemand dabeizuhaben.«

»Sie ficken nicht besonders gut, diese Schwarzen.«

»Nein«, sagte Stefan.

»Aber sie kosten ja auch nichts.«

Ein paar rasche Blicke in den Spiegel, ein paarmal durchs Haar gefahren, und dann gingen sie hinaus zu den Wartenden.

Mit dem Aufzug fuhren sie hinauf und direkt in den Nachtclub hinein.

Dort herrschte eine etwas andere Stimmung. Zwei Typen spielten auf einer elektronischen Orgel und auf Trommeln. Auf der Basstrommel stand DUOS, und die Musiker sahen schwedisch aus. Um eine kleine Tanzfläche herum waren etwa fünfzehn Tische gruppiert, an denen aber nur wenige Gäste saßen. Vielleicht war es noch zu früh. Der Raum war in ein gedämpftes rotes Licht getaucht, und auf dem Boden lagen dicke Teppiche.

Die Orgel spielte »Twilight Time«, während sie sich an einem Tisch niederließen. Sofort waren zwei Kellner bei ihnen, es wurde Gin and Grape bestellt und Bier für die Mädchen. Lars-Erik und Robban waren sturzbetrunken. Sie sagten, sie hätten seit Kastrup in einer Tour gebechert und hätten noch kaum geschlafen. Aber einmal seien sie wenigstens am Strand zum Baden gewesen.

Die triste Stimmung im Raum war ansteckend. Niemand tanzte, obwohl die Musiker unverdrossen spielten.

Also begann Stefan, sich dem dritten Mädchen zu widmen. Sie trug ein halblanges Batikkleid und hatte große Ohrringe. Ihr Alter war schwierig zu schätzen, aber sie schien um die zwanzig zu sein. Sie lachte und zeigte ihre schönen Zähne, und Stefan lachte auch, achtete aber darauf, dass der schiefe Zahn im linken Unterkiefer nicht hervorstach.

Er wusste nicht recht, wie er dieses Mädchen behandeln und was er sagen sollte. Glücklicherweise machte sie es ihm leicht. Sie fragte, ob er in diesem Hotel wohne, und er erklärte, er habe einen Bungalow.

»Alone?«, fragte das Mädchen.

»Yes«, antwortete Stefan und fügte ein »Of course« hinzu.

Er war überrumpelt. So etwas hatte er noch nie erlebt. Sie kam einfach direkt zur Sache. Er stieß mit ihr an, um seine Gesichtszüge unter Kontrolle zu bringen, und er fand sie immer attraktiver. Innerhalb weniger Sekunden wurde er irre geil.

Robban war in seinem Sessel halb eingeschlafen, und Lars-Erik stieß ihn an und sagte, sie sollten jetzt vielleicht in ihr Hotel abhauen. Dann winkte er einem der Kellner und zahlte. Die Orgel schepperte »Bridge Over Troubled Water«, während die vier losstolperten und Stefan und sein Mädchen zurückließen.

Als Stefan und das schwarze Mädchen zusammen zum Bungalow gingen, legte er den Arm um sie, und sie schaute ihn an und lächelte. In Gedanken plante er, was folgen würde. Welche Lampe er anknipsen, worüber er reden und wie er sie entkleiden würde. Da er unsicher war, was sie unter dem orangefarbenen Batikkleid trug, und er nicht an irgendwelchen peinlichen Ösen oder ähnlichem hängenbleiben wollte, würde sie sich selbst ausziehen müssen.

Sobald sie in den Bungalow gekommen waren und er die richtige Beleuchtung arrangiert hatte, während das Mädchen seine Handtasche auf die Kommode gleich neben der Tür legte, nahm er sie in die Arme. Sie war sofort bei der Sache, und es war eher spannend als schön, ein schwarzes Mädchen anzufassen. Er spürte, wie weich und dünn sie war. Verflixt dünn unter dem Kleid.

Stefan widmete sich so lange ihrem Gesicht, wie er brauchte, um die richtigen Worte zu finden. Dann ließ er sie los.

»Shall we go to bed?«, fragte er.

»Yes.«

Ohne weiteres setzte sie sich mit dem Rücken zu Stefan auf die Bettkante und fing an, sich das Kleid über den Kopf zu ziehen. Sie trug keinen BH. Nur einen Schlüpfer. Zuletzt nahm sie die Ohrringe ab und legte sie auf den Nachttisch. Dann kroch sie unter die Decke und lächelte Stefan zu.

Das alles ging so schnell, dass Stefan nicht gleich hinterherkam. Jetzt hatte er einen ordentlichen Ständer, und es würde peinlich werden, sich mitten im Zimmer auszuziehen.

»Shall I switch out the light?«, fragte er.

»Why«?, sagte sie im Bett und lächelte.

»Verdammt«, dachte Stefan. »Verdammt nochmal.«

Er wusste nicht recht, was er jetzt tun sollte. Also nahm er die Zigaretten, setzte sich auf die Bettkante und zündete sich eine an. Er bot ihr auch eine an, aber sie schüttelte nur den Kopf und lächelte weiter ununterbrochen. Blöde Äffin, die lacht die ganze Zeit, dachte Stefan und wurde immer unsicherer. Grinst sie über mich, oder was ist mit ihr los. Er wurde immer unsicherer, wie er sich verhalten sollte. Und die Zigarette wurde kürzer und kürzer.

Nachdem er sie ausgedrückt hatte, wandte er dem Mädchen den Rücken zu, streifte rasch die Kleider ab und kroch ins Bett. Als er sich nach der Lampe streckte, lachte sie wieder.

»Why?«, sagte sie.

Stefan fühlte sich unglaublich dumm. Aber jetzt spürte er unter der Decke ihre warme Haut an seinem Bein, und da wurde es einfacher. Er beugte sich über sie, und alles Weitere geschah wie von selbst.

Aber es ging viel zu schnell. Kaum war es ihm gelungen, in sie einzudringen, kam er schon, und er fluchte innerlich. Halb schlaff machte er weiter, bis er merkte, wie passiv sie war. Sie lag ganz still, und es hatte nicht den Anschein, dass sie etwas Besonderes empfand. Sie strich ihm zwar über den Rücken, aber es fühlte sich an, als streichle sie einen Hund.

Stefan rollte sich auf seine Seite hinüber und suchte nach den Zigaretten.

»On the table«, sagte sie.

Dann pfeife ich drauf, dachte Stefan.

Sie lagen eine Weile still da und schwiegen.

Plötzlich richtete sie sich auf und stieg aus dem Bett. Sie stand mitten im Zimmer und sagte, sie müsse jetzt nach Hause gehen. Stefan betrachtete ihren Körper. Er mochte ihre dunkle Haut. Sie hatte ziemlich kleine Brüste und war sehr mager. Stefan hatte flüchtig das unangenehme Gefühl, dass sie vielleicht hungrig sein könnte. Dass sie nicht genug zu essen bekam. Und da kam ihm die ganze Sache abstoßend vor.

Sie zog sich an, steckte die Ohrringe in ihre Tasche und sagte erneut, sie müsse jetzt nach Hause gehen.

»Do you live far from here?«, fragte Stefan.

»No«, sagte sie.

»Do you need money for the taxi?«

»Yes«, erwiderte sie. Stefan streckte sich nach der Hose, die neben dem Bett auf dem Boden lag. Er zog ein paar Scheine heraus und fragte, ob das reiche.

»Yes«, sagte sie und nahm das Geld entgegen.

»Do I see you again?«, fragte Stefan schließlich.

»I will be on the beach«, antwortete sie.

»Okay«, sagte Stefan.

Dann lächelte sie noch einmal, ging und schloss die Tür leise hinter sich.

Stefan lag da, starrte an die Decke und genoss es, allein zu sein. Jetzt habe ich wenigstens mit einer Schwarzen gefickt, dachte er. Nach nur zwei Tagen. Das fühlte sich gut an, und dabei spielte es kaum eine Rolle, wie wenig das Ganze gelungen war. Eine Negerfotze mit allem Drum und Dran, in einer Novembernacht.

Er trat das Laken beiseite und streckte sich. Morgen,

dachte er. Morgen werde ich mich den ganzen Tag entspannen. Nur diese Räder holen, falls Elisabeth es noch nicht erledigt hat. Aber dann ab an den Strand, und ein bisschen Farbe kriegen.

Er hoffte, er würde dieses Mädchen morgen nicht wiedertreffen, sondern seine Ruhe haben oder neue Menschen kennenlernen.

Kurz bevor er einschlief, lag er da und malte sich aus, wie er später seinen Freunden beschreiben würde, wie es gewesen war, das erste Mal mit einer Schwarzen. Und Elisabeth würde vielleicht irgendwann auch eine Version bekommen.

*

Das Mädchen in dem orangefarbenen Kleid nahm kein Taxi nach Hause. Sie ging zu Fuß. Sie brauchte drei Stunden, um zu der Wellblechhütte im Norden der Hauptstadt zu gelangen, wo sie mit vier Geschwistern, ihrer Mutter und dem arbeitslosen Vater wohnte.

Stefans Geldscheine würden reichen, um die Familie für ein paar Tage zu ernähren.

Sie war achtzehn und hieß Yene.

Das Land, in dem sie waren

Dann folgten ein paar Tage, an denen sie meistens am Strand lagen oder sich auf dem blauen Meer treiben ließen. Elisabeth fuhr gewöhnlich gegen zehn Uhr vormittags zu Stefans Hotel und musste ihn meistens wecken. Nachdem er kurz gefrühstückt hatte, gingen sie hinunter zum Strand. Elisabeth trug ihre Kamera und Stefan eine Tüte mit Limonade und Obst.

Sie hatten begonnen, sich weiter und weiter vom Hotel zu entfernen. Der Strand erschien endlos, egal, wie lange sie gingen, er erstreckte sich bis zum Horizont. Die Taschenkrebse flitzten über ihre Füße, und die Sonne stieg steil am Himmel auf.

Gegen eins kehrten sie gewöhnlich zum Essen ins Hotel zurück und begnügten sich anschließend damit, gleich unterhalb der Anlage zum überfüllten Teil des Strandes zu gehen.

Die starken Erlebnisse der ersten beiden Tage verlangten nach ein paar Tagen der Entspannung. Daliegen und mit den Zehen im Sand wühlen, einander mit Sonnenöl einreiben und über nichts Besonderes sprechen, nur dösen und baden.

Elisabeth hatte die Fahrräder zu Stefans Hotel mitgenommen, und sie hatten keine Extragebühr für die verspätete Rückgabe bezahlen müssen. Stefan hatte nichts von seinem Mädchen erzählt und es auch nicht am Strand gesehen.

Das letzte gemeinsame Erlebnis war das Gespräch mit Sven auf der Terrasse gewesen. Elisabeth fragte sich manchmal, ob es Stefan auf irgendeine Art beeinflusst hatte. Sie konnte zwar keine Anzeichen dafür erkennen, aber man wusste ja nie. Sie selbst hatte begonnen, die Einheimischen mit anderen Augen zu betrachten. Und sie entdeckte hinter ihrem immerwährenden Lachen eine Müdigkeit, aber auch ein etwas schärferes Funkeln in den Augen. Und wie arm dieses Land war, wie krass die Gegensätze zwischen den weißen Hotels und den rostigen Wellblechhütten, den Speisesälen und den schwarzen Töpfen vor den Türöffnungen der Hütten, das war ihr inzwischen deutlich bewusst geworden. Jeden Morgen, wenn sie mit dem Taxi zu Stefans Hotel rumpelte, passierte sie Dörfer, deren unerhörte Armut sie erschütterte. Die Straßen durchquerten Ansammlungen von Wellblechhütten, die so windschief waren, dass sie jederzeit einstürzen konnten. Vor den Hütten sah Elisabeth Menschen, die oft so still und regungslos dasaßen, dass es schien, als würden sie schlafen oder es nicht mehr schaffen, sich vom Fleck zu rühren.

Wenn Elisabeth ein Taxi nahm, war es um ein Vielfaches billiger als eine Busfahrkarte zu Hause, aber oft in einem miserablen Zustand. Die Türen waren notdürftig mit Schnüren befestigt. Die Fenster ließen sich weder schließen noch öffnen. Die Sitze waren verschlissen, und die Federung war gebrochen. Elisabeth bekam den Eindruck, dass alles, was die Menschen hier besaßen, Reste und Abfälle aus jener Welt waren, in der sie selbst lebte. Als würde dieses Land von den reichen Industriestaaten als Müllhalde benutzt.

Mit Stefan über solche Dinge zu sprechen war nahezu unmöglich. Wenn sie es versuchte, antwortete er entweder mit irgendeinem Blödsinn, der jedem weiteren Gedanken die Spitze nahm, oder er reagierte überhaupt nicht.

Also schwieg sie.

Am Vormittag des vierten Tages machte Stefan ein Bild mit Elisabeths Instamatic. Elisabeth lag dösend am Strand, den Kopf auf einem Handtuch. Sie war mittlerweile richtig braun geworden. Ihre langen blonden Haare waren nass und von Sonne und Meersalz ausgeblichen. Sie hatte sich ein Handtuch unter den Kopf gelegt. Stefan nahm die Kamera, ging ein paar Schritte rückwärts und knipste. Das wird eine Überraschung, wenn sie den Film entwickeln lässt, dachte er und legte die Kamera vorsichtig zurück.

Dann ging er hinunter zum Wasser und ließ sich in den Wellen treiben, die gegen den Strand schlugen.

Am Nachmittag desselben Tages fanden sie es plötzlich langweilig, wieder hinunter zum Strand zu gehen. Sie hatten beide das Bedürfnis, etwas zu unternehmen. Also setzten sie sich auf die Hotelterrasse und besprachen einige Alternativen. Die Reisebüros boten verschiedene Ausflüge an, und sie gingen zusammen zur Rezeption und schauten auf einer Anschlagtafel nach, was heute auf dem Programm stand. Es gab einen längeren Ausflug zu einem Naturreservat, doch der hatte schon früh am Morgen begonnen. Dann entdeckte Stefan einen Zettel mit der Information, dass am morgigen Nachmittag ein Fußballspiel zwischen einer gastierenden Mannschaft aus der Sowjetunion und der Nationalmannschaft des Landes stattfinden würde.

»Wollen wir da hingehen?«

Elisabeth zuckte mit den Schultern und nickte zugleich. Sie interessierte sich nicht für Fußball, aber wenigstens war das eine Abwechslung.

Also war das beschlossene Sache, sie gingen wieder hinunter zum Strand, und der Nachmittag floss langsam in der trockenen Hitze dahin.

Alles war allmählich zur Gewohnheit geworden. Als die Verkäufer auftauchten, hatten sie keine Lust mehr zu verhandeln, sondern taten so, als ob sie schliefen. Das war die effektivste Methode, um in Ruhe gelassen zu werden. Aber Elisabeth hatte ein etwas schlechtes Gewissen, wenn sie daran dachte, dass die Verkäufer bestimmt jeden zusätzlichen Pfennig brauchen konnten.

Schließlich kaufte sie einen Batikhut, um den Kopf vor der Sonne zu schützen.

Zum Abendessen fuhr Elisabeth wie üblich in ihr Hotel. Gewöhnlich saß sie am selben Tisch wie Sven, und auch heute hielt sie nach ihm Ausschau. Es waren erstaunlich wenige Gäste da, und sie erfuhr, dass die meisten draußen im Naturreservat waren, und von dort würden sie erst spät zurückkehren. Elisabeth vermutete, dass Sven auch mitgefahren war, und sie setzte sich an einen Einzeltisch.

Der Kellner, der ihre Adresse bekommen hatte, brachte ihr sofort die Speisekarte. Es folgten die üblichen Floskeln, was sie unternommen hätte, ob es ihr gut gehe und was sie zu trinken wünsche. Sie bestellte ein Fischgericht und Saft und erwiderte das Lächeln des Kellners.

Es war tatsächlich angenehm, allein zu essen, wenn es so still im Speisesaal war. Sonst ging es meist gerade beim Abendessen laut und chaotisch zu. Die Gäste strömten herein und wollten die Souvenirs und Kleider präsentieren, die sie gekauften hatten, und berichteten von ihrem Tag am Strand. Dann freute sie sich, mit Sven zusammenzusitzen. Entweder schwieg er, oder er hatte etwas Interessantes zu erzählen. Außerdem behandelte er Elisabeth wie eine Erwachsene. Sie fand das ein wenig verwunderlich, da er Lehrer war, aber es freute sie.

Mit ihm war es leicht zu plaudern. Er hörte zu und nahm sich Zeit, um ihre Fragen zu beantworten.

Aber da war auch etwas Wehmütiges in seinen Zügen, das schwer zu fassen war. Er konnte in Gedanken versinken, und dann überschattete eine Düsterkeit sein Gesicht, das mit jedem Tag brauner wurde. Vielleicht kam das daher, dass er bei seiner Krankheit jederzeit mit einem neuen Anfall rechnen musste. Das hatte er ihr erzählt. Einmal hatte er sogar im Klassenzimmer einen Zusammenbruch erlitten, und die Kinder hatten Angst bekommen, obwohl sie darauf vorbereitet gewesen waren, dass so etwas passieren konnte. Danach hatten wütende Eltern beim Direktor angerufen und ihn beschimpft, weil er es zuließ, dass eine so kranke Person ihre Kinder unterrichtete und sie erschreckte. Sven hatte etwas schief gelächelt, als er das erzählte, und Elisabeth hatte geantwortet, sie finde das gemein von den Eltern. »Vielleicht«, hatte Sven nach einer Weile gesagt. »Aber man kann sie auch verstehen«, hatte er hinzugefügt.

Die Düsterkeit verflog gewöhnlich rasch, und dann begann Sven wieder etwas Interessantes zu berichten, etwa von dem Kometen, der vor genau einem Jahr zu sehen gewesen war. Ihn hätte man als Lehrer haben sollen, das hatte Elisabeth schon mehrfach gedacht.

Sie hatte auch mit dem Gedanken gespielt, mit ihm zu schlafen. Nicht weil er direkt ihr Typ war, aber er gab ihr ein wunderbares Gefühl von Geborgenheit und verströmte große Warmherzigkeit. Aber seine Krankheit hielt sie davon ab. Es wäre zu scheußlich, wenn er gerade dann einen Anfall bekäme.

Nach dem Essen ging Elisabeth zur Rezeption und kaufte ein paar Ansichtskarten. Sie borgte sich einen Stift, setzte sich auf die Terrasse und schrieb. Die erste Karte, die das Hotel zeigte, in dem sie wohnte, schickte sie nach Hause. Der Text bestand nur aus ein paar Floskeln, dass es ihr gut gehe, dass es heiß sei und solche Dinge.

Die zweite Karte schickte sie an den Kindergarten in Landskrona. Das hatte sie den Kindern und den Kolleginnen versprochen, ehe sie dort aufhörte.

Als sie mit den beiden Karten fertig war, hatte sie noch eine dritte Karte, und ihr fiel ein, dass sie eigentlich nicht wusste, an wen sie die schicken sollte. Sie hatte keine festen Freunde aus der Schulzeit und bisher auch kein besonderes Bedürfnis danach gehabt. Also würde sie entweder noch zehn Karten kaufen und sie an all jene schicken, die sie gewöhnlich traf, oder sie ließ es bleiben.

Aber dann kam ihr der Gedanke, dass sie ihre Schwester ganz vergessen hatte. Sie schämte sich fast und wurde ein wenig traurig, als sie an die Kleine dachte, die in ihrem Stuhl saß und immer nur kränker wurde.

Mit deutlichen Druckbuchstaben schrieb sie ihren Text auf die Rückseite einer Karte, die den Marktplatz zeigte.

Nachdem sie die Karten an der Rezeption in den Briefkasten gesteckt und den Stift zurückgegeben hatte, wusste sie nicht recht, was sie jetzt anfangen sollte. Sie ging auf der Terrasse auf und ab und überlegte. Es war schon dunkel geworden, also konnte sie nur entweder ein Taxi zu Stefans Hotel nehmen oder auf ihr Zimmer gehen.

Beides war nicht sehr verlockend. Sie war nicht müde, aber eigentlich wollte sie sich auch nicht mit Stefan treffen.

Sie hatte sich in der Rezeption auf ein Sofa gesetzt und blätterte in ein paar englischen Zeitungen, als sie die Trommeln hörte. Erst dachte sie, es wäre ein Auto, aber allmählich wurde das Geräusch deutlicher, und der Rhythmus drang durch die Hoteltür an ihr Ohr. Sie legte die Zeitung hin und ging hinaus auf die Terrasse und die Treppenstufen zur Straße hinunter. Dort war das Trommeln deutlicher zu hören. Sie lokalisierte das Geräusch irgendwo in der Nähe.

Kurz entschlossen ging sie zu dem Riesen hin, der den Hoteleingang bewachte, und fragte, was das sei.

»They are dancing«, antwortete er und machte eine Geste in die Dunkelheit hinaus.

»Dancing?«, fragte Elisabeth.

»They are dancing on the street«, erwiderte der Riese.

Elisabeth nickte und setzte sich auf einen der Stühle auf der Terrasse. Noch immer waren die Teilnehmer des Ausflugs ins Naturreservat nicht zurückgekehrt, und die Terrasse war verwaist.

Elisabeth lauschte dem Geräusch der Trommeln, das in der Dunkelheit anstieg und abebbte. Sie nahm mehrere verschiedene Trommeln mit unterschiedlichen Klängen wahr, und sie meinte zu hören, dass sich ein Gemurmel unter die Trommeln mischte.

Plötzlich fasste sie den Entschluss, in die Dunkelheit hinauszugehen, um die Trommeln zu suchen. Rasch stand sie auf, schlüpfte wieder in die Holzschuhe, die sie abgestreift hatte, und ging an dem Riesen vorbei hinaus auf die Straße. Sie bog nach links ab und lief bis zur nächsten Ecke. Dort leuchtete eine matte Straßenlaterne, und Elisabeth bog in eine der Querstraßen zur Winston Street ein. Es war dunkel, und sie konnte kaum etwas erkennen, aber trotzdem ging sie schnell, vielleicht, um es sich nicht anders zu überlegen und umzukehren, oder auch, damit die Angst vor der Dunkelheit nicht die Oberhand bekam. Sie eilte vorwärts, zuckte zusammen, wenn ein schwarzer Schatten vorbeistrich, ging aber beharrlich weiter in Richtung der Trommelgeräusche, die immer lauter wurden.

Hier und da wurde die Straße vom Feuerschein aus den Wellblechhütten beleuchtet, und sie hörte leise Stimmen. Elisabeth machte einen Fehltritt und ihr Fuß wurde nass, aber sie ging weiter, ohne nachzusehen, in was sie getreten war. Vor ihr schimmerte an einer Ecke eine Straßenlaterne, und als sie hinkam, sah sie an der nächsten Straßenkreuzung eine große Menschenmenge. Von dort kam das Dröhnen der Trommeln. Hier war es heller, und sie ging etwas langsamer, bis sie stehen blieb und sich umdrehte, um sich den Rückweg zu merken.

Im Schein der Laterne saßen ein paar Afrikaner und spielten direkt auf dem Boden Karten. Die schmutzigen Spielkarten klatschten aufeinander, und ein leises Gemurmel war von den Spielern zu vernehmen. Auf einem Stuhl daneben saß eine Frau und blätterte in einer zerfledderten Zeitung.

Elisabeth ging langsam weiter auf die Menschenmenge an der Kreuzung zu. Sie empfand eine Mischung aus Angst und Freude, weil sie sich auf eigene Faust hinausgewagt hatte, und obendrein spät am Abend. Bei dem Gedanken, dass sie jetzt etwas erlebte, was Stefan verpasste, konnte sie ein Lächeln nicht unterdrücken.

Elisabeth drängte sich durch die Menge, um besser zu sehen. Da alle auf das Geschehen konzentriert waren, konnte Elisabeth sich bewegen, ohne besonders aufzufallen. Unter den Zuschauern entdeckte sie keine anderen Weißen.

Mitten in einem offenen Kreis standen vier junge Afrikaner und schlugen auf verschiedene Trommeln. Der Schweiß lief ihnen übers Gesicht, der Rhythmus war intensiv und steigerte sich beständig. Das Schauspiel wurde von einer Straßenlaterne erhellt, die direkt über ihren Köpfen leuchtete. Rings um die Trommler tanzten Frauen, jede für sich. Es waren junge und alte und auch Kinder. Aber ausschließlich Frauen. Das war das Erste, was Elisabeth auffiel.

Der Tanz bestand nicht aus großen Bewegungen, es waren eher Vibrationen, die sich von den Beinen her über den ganzen Körper ausbreiteten. Dabei hielten die tanzenden Frauen die Blicke intensiv auf den Boden und die Füße gerichtet. Die Leute, die sich um die Szene versammelt hatten, beobachteten stumm und gespannt den Tanz. Man hörte nur die Trommeln.

Für Elisabeth hatte die Situation etwas Phantastisches. Die Trommler, die tanzenden Frauen, die regungslose Menge ringsum, die Straßenlaterne, die ein unwirkliches Licht verbreitete, der laue Abend, der Sog der Rhythmen: So etwas hatte sie noch nie erlebt.

Vom bloßen Zuschauen brach ihr der Schweiß aus.

Als sie schließlich zum Hotel zurückkehrte, hatte sie keine Ahnung, wie lange sie fort gewesen war. Die Trommeln pochten noch immer hinter ihr, während sie die wenigen Treppenstufen hinauf zur Terrasse nahm und fast mit dem Riesen zusammengestoßen wäre, der den Hoteleingang bewachte.

»Did you visit the dance?«, fragte er mit einem breiten Grinsen.

»Yes.«

»Do you know what it is?«

»No«, erwiderte sie.

Und dann erklärte der Riese in holprigem Englisch, dass sie einen Fruchtbarkeitstanz gesehen hätte. Er sei nur für Frauen gedacht, und die Tänzerinnen wünschten sich, im kommenden Jahr schwanger zu werden. Auf diese Art würden sie ihren Wunsch vor den Männern zum Ausdruck zu bringen, die um sie herumstanden und zuschauten. Zugleich sei es aber auch eine religiöse Handlung. Wie der Riese erklärte, zogen die fünf Trommler eine Woche lang in der Stadt herum und spielten jeden Abend an verschiedenen Straßenecken. Und das geschehe in jedem Jahr zur selben Zeit.

»Did you dance?«, fragte er schließlich und lachte.

»No«, antwortete Elisabeth und wurde etwas verlegen.

»Next year, maybe«, sagte der Riese und kehrte wieder zur Tür zurück.

»Maybe«, murmelte Elisabeth, ging zur Rezeption und lief mit dem Schlüssel die Treppen zu ihrem Zimmer hinauf.

Sie zog sich aus und duschte lange. Danach legte sie sich aufs Bett, schaute an die Decke und dachte an den Tanz. Wie schade, dass sie seine Bedeutung beim Zuschauen nicht gekannt hatte. Dann hätte sie vielleicht die Bewegungen und den Trommelrhythmus besser verstanden. Und außerdem war es schade, dass sie die Kamera nicht mitgenommen hatte.

Die Gedanken und Bilder mischten sich mit der stickigen Nachtluft. So warm war es nachts noch nie gewesen. Bestimmt dreißig Grad.

Und vermutlich lag es an der Hitze und den aufregenden Eindrücken, dass sie plötzlich ein Lustgefühl empfand.

Erst lag sie nur eine Zeitlang da und genoss es wie ein leises Jucken im Körper. Dann forderte sie es mit einfachen und behutsamen Handbewegungen heraus. Zufrieden schlief sie ein.

*

Am nächsten Morgen erwachte Elisabeth erst um kurz vor elf. Sie blieb noch eine Weile im Bett liegen und döste, dann zog sie sich an, wusch etwas Unterwäsche und ging hinunter in den Speisesaal, rechtzeitig zum Mittagessen.

Stefan wollte etwas später zu ihr kommen, und dann würden sie zu diesem Fußballspiel gehen.

Direkt am Eingang zum Speisesaal traf sie auf Sven. Sie begrüßten sich und setzten sich zusammen an einen Tisch. Elisabeth überfiel ihn förmlich mit dem Bericht von ihrem nächtlichen Erlebnis, und Sven war sehr fasziniert. Er fragte sie nach verschiedenen Einzelheiten, und sie antwortete, so gut sie sich erinnerte.

»Da hast du wirklich was erlebt«, sagte er. »Da wäre ich gern selbst dabei gewesen. Aber weißt du, solche Bräuche werden sehr schnell verschwinden, wenn dieses Land sich nach ausländischen Interessen entwickelt. Man wird dann nur ein paar pittoreske Riten aufrechterhalten, um sie den Touristen vorzuführen. Aber die eigentliche Kultur wird ausgelöscht und durch Coca-Cola und schwedische Popmusik ersetzt werden.«

»Ist das wirklich so?«, fragte Elisabeth ein bisschen skeptisch.

»Ganz bestimmt«, entgegnete Sven mit Nachdruck. »Das merkt man schon jetzt. Was meinst du, wie die Armen uns Touristen sehen? Von ihrem Standpunkt aus haben wir jede Menge Geld. Wir führen hier ein Luxusleben, von dem sie nicht einmal träumen können. Die Skandinavier erzählen von ihrem Heimatland, als wäre es das Paradies auf Erden. Zu Hause klagt man, aber hier protzt man. Ich habe gehört, was sie den Leuten hier einreden, wie perfekt und problemlos alles zu Hause sei, und ich werde wütend, wenn ich das höre. Was ist das Resultat? Dass die Menschen hier glauben, sie müssten uns nachahmen, damit es ihnen gut geht. Vor allem die Jugendlichen lassen sich beeindrucken. Sie imitieren unseren Kleidungsstil, unsere Musik, unsere Gewohnheiten, und versuchen, ihre Eigenart abzulegen. Nur wenige hier begreifen, dass dies ein irrwitziger Weg ist, der das Land in die Abhängigkeit von europäischen und amerikanischen Unternehmen treibt, die nur Geld verdienen wollen um jeden Preis. Wenn man hier etwas Sinnvolles tun will, sollte man die Menschen über diese Dinge aufklären.«

Das Essen wurde serviert, sie genossen es, und Elisabeth dachte über Svens Worte nach. Sie klangen zwar einleuchtend, aber seine Ansichten waren ihr fremd. Noch hatte sie nicht begonnen, sie sich zu eigen zu machen.

Beim Nachtisch erzählte sie ihm, dass sie und Stefan am Nachmittag zum Fußballspiel gehen wollten.

»Gute Idee«, sagte Sven und nickte. »Das wird bestimmt ein richtiges Volksfest.«

»Möchtest du mitkommen?«, fragte Elisabeth.

»Ich mache heute einen anderen Ausflug«, erwiderte er. »Eine Flussfahrt in den Dschungel. Ich wäre gern mitgekommen, aber dies ist einfach ein bisschen wichtiger.«

»Machst du jeden Tag einen Ausflug?«, fragte Elisabeth.

»Aber nein«, lachte Sven. »Nur gestern und heute.«

Das Fußballspiel sollte um vier Uhr beginnen, und Stefan kam kurz nach drei ins Hotel. Zuvor war Elisabeth unten am Strand gewesen, der dem Hotel am nächsten lag, und hatte eine Stunde lang gebadet. Jetzt saß sie auf der Terrasse und wartete. Stefan stieg aus einem Taxi und setzte sich neben sie.

»Hallo. Wollen wir gehen?«

»Weißt du, wo es ist?«, fragte Elisabeth.

Stefan zog einen Stadtplan aus der Hosentasche.

Sie kamen zu dem Schluss, dass sie die Arena zu Fuß in ungefähr zehn Minuten erreichen könnten.

»Aber wir müssen jetzt gleich los«, drängte Stefan. »Es wird bestimmt voll. Hast du die Kamera dabei?«

Elisabeth lief ins Zimmer hinauf und holte den Fotoapparat. Als sie wieder herunterkam, stand Stefan schon draußen auf der Straße und wartete.

Unterwegs trafen sie Ndou, der darum bat, sie begleiten zu dürfen, und Elisabeth und Stefan nickten.

»Wir werden ihn wohl einladen müssen«, meinte Elisabeth.

»Klar«, sagte Stefan.

Der Fußballplatz, die Nationalarena des Landes, bestand aus einer großen Sandfläche mitten zwischen den Wellblechhütten, die sich außerhalb des hohen Maschendrahtzauns drängten, der die Arena umgab. An der einen Längsseite stand eine Reihe von Holzstühlen, und genau in der Mitte gab es zwei rote Sessel.

Die Tore waren schief und die Netze notdürftig geflickt. Vor dem Zaun weideten Ziegen zwischen Autowracks und allem möglichen anderen Krempel.

Als Elisabeth, Stefan und Ndou ankamen, waren schon viele Leute versammelt, aber die meisten standen draußen vor dem Zaun. In der Arena waren es erheblich weniger.

Sie begaben sich zu einem Eingang, wo an einem wackeligen Holztisch Karten verkauft wurden. Davor stand eine große Anzahl von Polizisten in schwarzen Uniformen und mit weißen Helmen. Sie trugen kurze Hosen, die genau über dem Knie endeten, dazu einen weißen Knüppel, und an einem breiten Gürtel um die Taille hing ein schwarzer Pistolenhalfter.

Stefan kaufte Eintrittskarten und versuchte zu erklären, dass er Sitzplätze haben wollte. Er bekam drei, und sie kosteten weniger als zehn schwedische Kronen.

Ndou war mächtig stolz, während er mit ihnen zu den Holzstühlen trabte. Sie setzten sich in die Nähe der roten Sessel.

Elisabeth fand es ein wenig peinlich, dass sie fast als Einzige auf Stühlen Platz nehmen sollten. Sie fühlte sich ausgesetzt, und Svens Worte klangen ihr in den Ohren, als sie die Menschenmenge betrachtete, die sich außerhalb des Zauns drängte. Stefan dagegen schien die Situation zu gefallen, und er schlug vor, sie sollten sich auf die roten Sessel setzen.

»Sie sind ja nicht nummeriert«, sagte er.

Ndou verstand, was Stefan meinte, und wehrte ab: »No. No.«

»Why not?«, fragte Stefan.

Und Ndou gelang es mit Gesten und ein paar Brocken Englisch zu erklären, dass der Präsident und eine seiner

Frauen vermutlich zu dem Fußballspiel kommen würden, und dann wären es ihre Plätze.

Stefan plusterte sich auf.

»Halt die Kamera bereit«, sagte er. »Wenn wir schon so dicht neben dem Präsidenten sitzen.«

Elisabeth freute sich darüber, dass allmählich immer mehr Leute eintrafen und sich auf die Stühle setzten. Aber es waren nur Touristen. Die Einheimischen, die eine Eintrittskarte kauften, stellten sich an den Zaun, und ein paar Polizisten sorgten dafür, dass sie den Touristen auf der Stuhlreihe nicht die Sicht nahmen.

Plötzlich marschierte ein Orchester ein und positionierte sich direkt neben der Seitenlinie. Es waren etwa zwanzig Musiker mit bunten Uniformen und zerbeulten Instrumenten. Ndou erklärte, dies sei das Polizeiorchester.

Eine Wellblechhütte, etwas größer als die üblichen, diente als Umkleidekabine für Spieler und Schiedsrichter. Sie lag hinter einem der Tore. Auf der anderen Längsseite waren einige Polizisten unterdessen dabei, das Hissen der Fahnen vorzubereiten. Elisabeth schwitzte in der Hitze.

Um fünf vor vier liefen die Spieler auf dem Platz auf. Die russische Mannschaft trug gelb-schwarzgestreifte Hemden und grüne Hosen. Die Fußballer marschierten auf den Sandplatz und reihten sich auf, die schwarzgekleideten Linienrichter und der Schiedsrichter stellten sich in die Mitte. Und in diesem Moment kam der Präsident. Er war ein Mann um die vierzig in einem eleganten Nadelstreifenanzug mit blau-weißem Hemd und gepunkteter Krawatte. Sein Haar war kurzgeschnitten, und er trug eine Brille. An seiner Seite ging eine seiner Frauen, ebenfalls in westlicher Kleidung. Die Menschen außerhalb und innerhalb des Zauns applaudierten, aber der Präsident und seine Frau nickten vor allem den Touristen zu. Sie stellten sich vor den beiden roten Sesseln auf, und das Polizeiorchester legte mit der russischen Nationalhymne los. Elisabeth kannte sie aus dem Musikunterricht, und sie fing an zu kichern, als sie merkte, wie falsch und unrhythmisch das Orchester spielte. Stefan verzog das Gesicht und deutete gleichzeitig auf die Fahnen, die auf der anderen Seite gehisst wurden. Die russische Fahne hatte sich verwickelt und blieb auf Halbmast hängen. Die Uniformierten mühten sich verzweifelt damit ab, sie zum Flattern zu bringen, und nach einer Weile gelang es ihnen.

Elisabeth war es peinlich, dass sie nicht aufhören konnte zu kichern. Schließlich hatte sie eher Mitleid mit dem Orchester und den Polizisten. Außerdem mochte sie den Präsidenten nicht, der die Seinen nicht grüßte, sondern sich vor den Touristen aufspielte. Aber sie konnte das Kichern trotzdem nicht unterdrücken. Das alles war zu komisch.

Auf die russische Nationalhymne folgte die einheimische. Es war eine fröhliche und rhythmische Melodie, die das Orchester besser beherrschte. Sie klang gar nicht wie eine Nationalhymne, jedenfalls nicht so traurig und getragen wie die meisten, die Elisabeth gehört hatte.

Dann wollte der Präsident die Spieler begrüßen, und es wurde Viertel vor vier, ehe das eigentliche Spiel begann.

Es endete unentschieden, eins zu eins. Was Elisabeth und Stefan erstaunte, waren die Reaktionen des Publikums. Es applaudierte der russischen Mannschaft ebenso herzlich wie der eigenen. Als die Russen am Ende des Spiels den Ausgleich erzielten, jubelte das Publikum tatsächlich. Elisabeth gefiel es, dass die Leute nicht so parteiisch waren, wie sie es beispielsweise von den Eishockeyspielen im Fernsehen kannte. Aber Stefan meinte, das Publikum hätte nicht kapiert, worauf es beim Fußball ankam.

Nachdem das Spiel zu Ende war, schoss Elisabeth ein paar Fotos. Stefan bestand darauf, dass sie den Präsidenten fotografierte. Eigentlich hatte sie keine Lust dazu, aber sie tat es dennoch, um seine Quengelei zu beenden. Sie fotografierte den Präsidenten und seine Frau, als sie an ihnen vorbeikamen, und die beiden lächelten tatsächlich in die Kamera. Dann fotografierte sie das Orchester und machte ein paar Bilder von Ndou. Und langsam begaben sie sich zum Ausgang.

Auf dem Weg zurück zum Hotel fingen Stefan und Elisabeth an zu streiten. Elisabeth ärgerte sich über Stefan und konnte sich nicht zurückhalten. Sie fand, dass er so verächtlich klang, wenn er über den Fußballplatz, das Publikum, das Orchester und das Spiel sprach.

»Wie verdammt blöd du bist«, zischte sie schließlich. »Es ist doch nicht leicht, alles so perfekt hinzubekommen wie in Schweden. So wie die Leute hier leben.«

»Sie könnten doch von uns lernen«, entgegnete Stefan grinsend.

»Sie haben sicherlich wichtigere Dinge zu tun, als uns zu imitieren«, erwiderte Elisabeth. »Sven hat gesagt, dass ...«

»Dass es so und so ist, und dass die Kapitalisten schuld sind«, unterbrach sie Stefan. »Geschwätz. Nichts als Geschwätz.«

»Du bist es, der Unsinn redet«, konterte Elisabeth.

Ndou merkte, dass sie wütend waren. Er blieb ein wenig zurück und beobachtete aus den Augenwinkeln. Sie stritten sich weiter, bis sie zum Hotel kamen, und Stefan ging zu einem freien Taxi, ohne auch nur tschüs zu sagen.

Ndou und Elisabeth blieben vor dem Hotel stehen. Die Dunkelheit war wie üblich rasch hereingebrochen, und Ndou sagte, er müsse jetzt nach Hause gehen. Zögerlich fragte er, ob sie ihm etwas Geld geben könne. Elisabeth nahm aus ihrem Portemonnaie einen Schein, der ungefähr fünf schwedischen Kronen entsprach. Ndou blieb der Mund offen stehen, als er sah, wie viel sie ihm gab. Vor Freude begann er zu hüpfen.

Aber Elisabeth bekam davon nur ein schlechtes Gewissen. Ndou nahm ihre Hand und verbeugte sich, und Elisabeth fand das furchtbar peinlich.

»Do I see you tomorrow?«, fragte der Junge.

»Maybe«, antwortete Elisabeth.

»I will wait for you«, versprach Ndou, und dann lief er los und verschwand in der Nacht, die sich rasch über die Stadt herabsenkte.

Elisabeth ging hinein und setzte sich in der Rezeption auf ein Sofa. Als einer der Kellner ankam, bestellte sie Gin and Grape, und er lächelte, während er ihre Bestellung entgegennahm.

Zum Essen trank Elisabeth Wein, und sie wurde so beschwipst, dass sie den Kaffee ausließ und direkt nach oben ging und sich gleich hinlegte.

In den darauffolgenden Tagen trafen sich Stefan und Elisabeth nicht, weil Elisabeth nicht zu seinem Hotel fuhr. Stattdessen ging sie zu dem Strand unterhalb ihres eigenen Hotels, und Ndou oder Sven leisteten ihr Gesellschaft. Elisabeth hatte das Gefühl, sie brauche ein wenig Abstand von Stefan und müsse sich Zeit nehmen, um ein bisschen nachzudenken. Während sie am Strand lag, schweiften ihre Gedanken immer öfter zurück nach Schweden. Sie überlegte, was sie tun sollte, wenn sie nach Hause kommen würde. Sie fragte sich, was sie eigentlich wollte im Leben.

Eines Tages, als sie auf dem Weg zum Strand waren, erkundigte sich Sven, was sie denn in Zukunft vorhätte. Elisabeth sagte ihm, wie es war, sie wisse es nicht. Sven fragte, ob sie irgendwelche besonderen Interessen habe, aber Elisabeth fiel nichts Nennenswertes ein. »Mit Menschen arbeiten«, meinte sie nur.

Da sagte Sven etwas, das Elisabeth gefiel. Das Wichtige für sie sei jetzt nicht, dass sie sich auf etwas Bestimmtes festlege, sondern dass sie sich Zeit nehme, um Verschiedenes auszuprobieren. Sie habe ja keine Eile, das Wesentliche sei, etwas zu finden, wobei sie sich wirklich wohlfühlen könnte. Genau das dachte Elisabeth selbst auch, ebenso wie alle ihre Freunde. Aber zum ersten Mal hörte sie es von einem Erwachsenen. Die meisten Eltern wollten ihre Kinder bloß so schnell wie möglich in einem bestimmten Beruf wissen.

Mit Sven pflegte sie lange Spaziergänge am Strand zu unternehmen, und sie gingen langsam den Wassersaum entlang und unterhielten sich. Der längste dieser Spaziergänge führte sie zum Fischereihafen der Stadt. Fischereihafen war eigentlich zu viel gesagt, es handelte sich um einen Abschnitt des Strandes, an dem die Fischer mit ihren Booten anlegten.

An jenem Tag, als sie dorthin kamen, war die Fischereiflotte gerade mit ihrem Fang unterwegs an Land, und sie beschlossen, zu bleiben und dem Treiben zuzuschauen.

Viele Leute hatten sich bereits am Strand versammelt, und Sven vermutete, dass es in erster Linie die Familien der Fischer waren, die hierhergekommen waren. Während sie warteten, gingen Elisabeth und Sven herum und sahen sich die Gestelle für die Fischernetze an und vor allem ein Boot, das an Land lag. Es war ungefähr fünfzehn Meter lang und sah aus wie ein riesiges Ruderboot mit langen, vorstehenden Fühlern an Bug und Heck. Über der Wasserlinie war das Boot in starken Farben gestrichen. Ein gelb-weißes verschlungenes Muster auf einem hellroten Untergrund. Sven erklärte, dieses Fischerboot werde meistens gerudert, man könne aber auch ein Segel setzen.

Sie gingen zwischen dem Unrat herum, der haufenweise am Strand lag, warfen hin und wieder einen Blick hinaus aufs Meer und sahen, wie sich die Boote langsam näherten. Plötzlich blieb Elisabeth abrupt stehen. Vor ihr lagen die Skelettreste eines Hais. Größe und Form ließen das eindeutig erkennen.

»Gibt es hier Haie?«, fragte sie verwundert.

»Klar«, entgegnete Sven. »Wusstest du das nicht?«

»Dann wagt man sich doch nicht ins Wasser?«
»Die Haie trauen sich nicht an die Küste!«
»Werden Haie denn auch gejagt?«
»Sieht so aus«, sagte Sven.

Nach etwa zwanzig Minuten näherte sich das erste Boot und blieb in dem flachen Wasser etwa zehn Meter vom Strand entfernt im Sand stecken. Im Boot befanden sich sieben junge Fischer. Sie sprangen heraus, und zusammen mit den Leuten, die vom Strand zu Hilfe eilten, zogen sie das Boot an Land. Dort wurde es vorsichtig zur Seite gekippt und so liegen gelassen. Und dieses Manöver wiederholte sich bei jedem weiteren Boot. Am Strand ging es bald lebhaft zu. Die Leute lachten und riefen einander Anweisungen zu, die Kleinkinder liefen herum und plantschten im Wasser, und Elisabeth und Sven standen ein wenig abseits und schauten zu. Elisabeth hatte die Kamera dabei und machte ein paar Bilder.

Doch die Stimmung schlug rasch um. Die Leute verstummten, als immer mehr Boote hereinkamen und zur Seite gekippt wurden. Sogar die kleinen Kinder hörten auf zu spielen und drückten sich an ihre Mütter.

Die Boote waren leer. Das Fischerglück war miserabel gewesen. Kein Boot hatte etwas gefangen.

Schweigend wateten die Menschen aus dem Wasser und setzten sich an den Strand. Keiner sagte etwas. Ein Hund lief herum und schnupperte nach Resten. Er wurde nicht verscheucht.

Elisabeth erinnerte sich an ein Bild aus der Reisebroschüre, in der sie im Bus zwischen Malmö und Landskrona geblättert hatte. Auf einem Hochglanzfoto hatte ein lachender Fischer einen frisch gefangenen Fisch in die Kamera gehalten.

Und so sieht die Wirklichkeit aus, dachte sie. Die Wirklichkeit jenseits der Reisebroschüren. Sie warf einen Seitenblick auf Sven. Mit gerunzelter Stirn ließ er den Blick über die schweigenden Menschen am Strand schweifen.

Die Stille, dachte Elisabeth. Sie ist besonders schrecklich.

Auf dem Rückweg sprachen sie nicht viel miteinander. Sie gingen nur langsam am Wassersaum entlang, während die Sonne ihnen auf den Rücken brannte. Elisabeth trug ihre Holzschuhe in der Hand, und Sven hatte seine Sandalen am Hosengürtel befestigt.

Am Nachmittag desselben Tages kam Ndou zum Hotel, und er fragte Elisabeth, ob sie ihn nach Hause begleiten und seine Eltern kennenlernen wolle. Er sagte, er hätte von ihr erzählt, und sie würden sich freuen, wenn sie zu Besuch käme. Und das gelte natürlich auch für Stefan, wenn er Lust hätte. »Ich wohne nicht weit weg«, fügte Ndou hinzu und zeigte in die Stadt hinein.

Elisabeth fand, das könnte spannend werden. Denn sie vermutete, dass Ndou in einer dieser Wellblechhütten wohnte, die den größten Teil der Stadt ausmachten. Es könnte interessant sein, eine davon zu besuchen.

»When?«, fragte sie.

»Now«, erwiderte Ndou.

Elisabeth überlegte, dass sie vielleicht eine Kleinigkeit für Ndous Eltern oder Geschwister mitbringen sollte. Ihr fiel das Nähetui ein, das sie kurz vor der Reise gekauft hatte und das recht hübsch war.

Sie bat Ndou zu warten, lief auf ihr Zimmer und packte das Nähetui in ein Papier, das sie in ihrem Koffer fand.

Ndou wohnte keineswegs in der Nähe. Sie gingen durch die halbe Stadt und kamen in Gebiete, die für Elisabeth völlig neu waren. Aber überall roch es gleich, und die Hütten ähnelten einander. Ndou führte sie immer weiter durch das Gewirr aus Behausungen, und Elisabeth dachte, auf eigene Faust würde sie nie zurückfinden.

Hier und da gab es Straßenschilder. Elisabeth fand es irgendwie zynisch, dass die Wellblechreihen Westminster Street oder London Avenue oder ähnliches hießen.

Ndou ging einen Meter vor ihr und blickte oft hinter sich, um zu sehen, ob sie ihm noch folgte. Er wirkte aufgekratzt und hatte es sehr eilig.

Bradstone Lane Nummer 43 war seine Adresse. Wie Elisabeth vermutet hatte, handelte es sich um eine Wellblechhütte.

»Here it is«, sagte Ndou.

Dann schlug er mit der geballten Faust gegen ein rostiges altes Ölfass und rief etwas in seiner Sprache. Und aus der Hütte kam seine Familie. Vater, Mutter und vier Geschwister, von denen das älteste Mädchen ein Baby auf dem Arm trug.

»I am uncle«, sagte Ndou und zeigte auf das Kleine auf dem Arm.

In Reih und Glied traten die Familienmitglieder vor, gaben Elisabeth die Hand und murmelten ein »Welcome«.

Elisabeth fiel es schwer, ihre Namen zu verstehen. Ndou stand neben ihr und versuchte, ihr zu helfen, aber die ganze Situation war so verwirrend, dass sie kaum hörte, was er sagte. Dass der Vater ebenfalls Ndou und noch irgendwie anders hieß, begriff sie, den Namen der Mutter verstand sie auch, aber bei den Kindern war Schluss, bis er das Mädchen mit dem Baby vorstellte. Es hieß Yene, und das war ein Name, den man sich leicht merken konnte.

Elisabeth sagte in etwas stockendem Englisch, dass sie sich freue, die Familie besuchen zu dürfen, und alle nickten fröhlich.

Dann wurde sie hereingebeten.

Die Hütte bestand aus zwei Zimmern, dazu gehörte ein kleiner Hinterhof, der von drei anderen Rückwänden begrenzt wurde. In den Räumen war es dunkel. Lediglich durch die Türöffnung und zwei ausgeschnittene Luken in den Blechwänden drang etwas Licht herein. Es gab keinen Fußboden, nur blanke Erde, und an den Wänden entlang reihten sich die Schlafstellen. Insgesamt war die Hütte vielleicht sechs Quadratmeter groß, und das sollte also für sieben Personen reichen! Gekocht wurde an der Rückwand im Hof auf einem alten Eisenherd, den Ndou stolz präsentierte. Quer auf zwei alten Benzinfässern lag ein Holzbrett, und ein paar schwarze Baumstümpfe dienten als Sitzplätze. Der gesamte Hof war mit Wäscheleinen bespannt, an denen frisch gewaschene Kleidungsstücke in doppelten Schichten hingen.

Elisabeth wusste nicht so recht, wie sie sich verhalten sollte. Aber sie holte ihr kleines Päckchen hervor und übergab es der Mutter, einer großen kräftigen Frau, die ein traditionelles langes Batikkleid trug und ein Tuch um den Kopf gewickelt hatte. Bevor sie das Päckchen öffnete, musste Elisabeth noch einmal allen die Hand schütteln.

Das Nähetui wanderte von Hand zu Hand und wurde dann auf ein kleines Regal an der Wand gelegt.

Als sie schließlich draußen rund um den Tisch saßen, überkam Elisabeth ein Gefühl von Unwirklichkeit. Alles hier war so fremd. Für sie war es unbegreiflich, dass Menschen auf diese Weise wohnen konnten. Die Armut war so ungeheuerlich, das beengte Wohnen so unbeschreiblich. Und mitten in all diesem Elend leuchteten die weißen Kleider wie Fahnen der Hoffnung. Elisabeth sah sich um, aber es gelang ihr nicht, das Ganze zu erfassen. Sie konnte kaum begreifen, dass sie, Elisabeth, dies an einem Novembertag an der Westküste Afrikas erlebte. Man bot ihr ein Glas säuerlichen Saft an, und nicht einmal den Geschmack des Getränks konnte sie einordnen. War es gut oder nicht? War es erfrischend, oder wurde sie davon nur durstiger? Sie stellte das Glas ab und lächelte unbeholfen.

Die Stimmung rund um den Tisch im Hof war freundlich, auch wenn alle ein wenig schüchtern waren. Elisabeth erzählte ein bisschen von sich und von Malmö, und alle Familienmitglieder lächelten höflich. Der Einzige, der außer Ndou etwas sagte, war der Vater. Die Frauen schwiegen und hielten sich zurück, obwohl sie alle mit am Tisch saßen. Elisabeth erinnerte sich daran, dass Sven erzählt hatte, die Frauen hier im Land hätten eine sehr untergeordnete Stellung, und es sei außerdem nicht ungewöhnlich, dass ein Mann mehrere Frauen habe. In Ndous Familie war Letzteres offenbar nicht der Fall.

Yene, das Mädchen mit dem Baby, unterschied sich ein wenig von den anderen. Irgendetwas an ihrer Kleidung und ihrer Frisur passte nicht in das Familienmuster. Elisabeth dachte, Yene sei wohl ein Beispiel dafür, dass die Jugendlichen westliche Ideale zu übernehmen versuchten. Sie vermutete, dass Yene ungefähr so alt war wie sie selbst, und bekam Lust, mit ihr zu reden.

Nach einer Weile sagte der Vater etwas in seiner Sprache, und daraufhin standen alle außer ihm und Ndou auf und gingen in die Hütte. Als sie allein waren, begann er mit Elisabeth zu sprechen.

Er erzählte, dass er arbeitslos sei und nur selten etwas für den Unterhalt der Familie verdienen könne. Manchmal habe er einen Gelegenheitsjob, aber die seien rar. Daher sei die Familie sehr arm. Und dann fragte er Elisabeth direkt, ob sie Ndou dabei helfen könne, nach Schweden zu kommen, wenn er etwas älter wäre, um dort zu arbeiten. Dann könnte er Geld nach Hause schicken, und der Familie würde es besser gehen. Dass Leute aus diesem Land nach Schweden kamen und dort arbeiteten, war mittlerweile keine Seltenheit mehr, aber um einen Pass und eine Reiseerlaubnis zu erhalten, brauchte man einen Bürgen in Schweden. Ndou habe so viel Gutes von Elisabeth erzählt, betonte der Vater, und deshalb habe er sich entschlossen, sie um Hilfe für seine Familie zu bitten.

Er sprach langsam und ließ jedes Wort ausklingen. Sein Englisch war gut, und Elisabeth hatte keine Schwierigkeiten, ihm zu folgen. Während er sprach, hatte er den Blick fest auf sie gerichtet, und sie hatte den Eindruck, dass ihm seine Bitte nicht leichtfiel. Ndou saß angespannt daneben und schaute abwechselnd auf Elisabeth und den Vater. Aus der Hütte war kein Geräusch zu hören. Elisabeth vermutete, dass alle dastanden und angespannt lauschten.

Sie war gerührt. Natürlich wollte sie ihnen helfen, aber wie? Also fragte sie, was genau sie tun solle. Da erwiderte der Vater, wenn sie ihm ihre Adresse in Schweden gäbe und die Erlaubnis, sie zu verwenden, dann reiche das fürs Erste schon. Sollte Ndou tatsächlich nach Schweden reisen dürfen, dann hofften sie nur, dass Elisabeth sich notfalls um ihn kümmern werde. Das sei schon alles.

Elisabeth antwortete, dazu sei sie gern bereit, und sie schrieb ihren Namen und ihre Adresse auf einen Zettel. Unterdessen rief Ndou etwas in die Hütte hinein, und die restliche Familie strömte heraus. Sie scharten sich rund um den Tisch und schauten auf den Zettel mit Elisabeths Namen und Adresse. Er lag da wie eine Kostbarkeit. Jetzt war es an der Zeit, sich zu verabschieden.

Ndou begleitete Elisabeth zurück zum Hotel. Es war ihm anzusehen, wie froh er war. Er wollte Elisabeth an der Hand nehmen, und sie ließ ihn gewähren. Elisabeth selbst fühlte sich auch froh und ein bisschen bedeutungsvoll. Wenn sie der Familie würde helfen können, wäre das ja ein Grund zur Freude in ihrer eigenen ungewissen Zukunft. Jedenfalls war es eine Aufgabe.

Und Ndou hüpfte ausgelassen an ihrer Seite.

So gingen sie durch die Stadt. Ndou schwatzte unaufhörlich, Elisabeth antwortete nur mit Ja oder Nein. Sie dachte an sich selbst und daran, dass die Reise nach Afrika in einer guten Woche enden würde.

Das Bild im Sand

Die erste Woche war vorüber. Elisabeth und Stefan hatten sich wieder versöhnt. Sie waren braungebrannt, und das Salzwasser hatte ihre Haare gebleicht. Die Tage waren in einer angenehmen Gleichförmigkeit verlaufen. Manchmal tauchte der Gedanke an die Rückreise bei ihnen auf, und vor allem Elisabeth gefiel er. Neu eingetroffene Touristen hatten Zeitungen dabei, und als sie eine in der Rezeption fand und darin las, was zu Hause geschah, freute sie sich auf ihre Rückkehr.

Sie legte die Zeitung beiseite und dachte ein wenig über die Unterschiede zwischen den beiden Ländern nach. Am einfachsten war es aufzuzählen, was es hier alles nicht gab. Es gab keine Kinos, kein Theater, kein Fernsehen, keine großen Geschäfte, keine Zeitungen. Eine Weile überlegte sie, wie die Menschen hier überhaupt erfuhren, was in der Welt geschah. Wenn keine Neuigkeiten eintrafen, lebten sie ja total abgeschnitten von der übrigen Welt. Bücher schien es auch nicht zu geben.

Elisabeth merkte, dass etwas in ihr vorging. Bei den Gesprächen mit Sven am Strand oder abends im Speisesaal hatte sie mittlerweile auch selbst begonnen, ihre Eindrücke von verschiedenen Situationen zu schildern und zu bewerten. Sven hatte nichts darüber gesagt, dass sie sich verändert hätte, aber sie hatte ihm angesehen, dass er es dachte.

Mit Stefan war es jedoch immer noch schwer, über solche Dinge zu sprechen. Obwohl auch er jetzt merkte, dass Elisabeth Diskussionen nicht mehr aus dem Weg ging, sondern ihre Ansichten äußerte, lehnte er weitere Erörterungen rundweg ab oder nahm seine unerträglich überlegene Attitüde ein. Und wenn Elisabeth schimpfte, er sei blöd, lachte er nur.

Trotzdem trafen sie sich täglich. Meistens war es Elisabeth, die zu seinem Hotel hinausfuhr. Der Strand dort war schöner, und sie hatten Ruhe vor hartnäckigen Verkäufern. Manchmal waren sie stattdessen auch auf dem Markt gewesen und hatten Souvenirs für zu Hause gekauft. Jetzt musste Elisabeth mit ihrem restlichen Geld haushalten. Für Stefan gab es natürlich keinen Grund zu sparen, aber damit hatte sie nichts zu tun.

An einem Nachmittag, vier Tage vor ihrer Abreise, sah sie das Bild im Sand. Wie üblich waren Stefan und sie am Strand entlanggelaufen und hatten eine einsame Stelle gefunden. Sie hatten einige Stunden gebadet und sich gesonnt, und jetzt hatte Elisabeth das Bedürfnis, sich ein bisschen zu bewegen. Stefan lag da und las einen Krimi, und sie spazierte am Strand entlang.

Fast hätte sie ihren nackten Fuß mitten auf das Bild im Sand gesetzt, aber sie konnte ihn gerade noch rechtzeitig zurückziehen.

Das Bild vor ihr stellte ein Frauengesicht dar, das die

Form Afrikas hatte. Der Sand war an dieser Stelle geglättet und das Bild mit einem spitzen Stöckchen hineingeritzt worden. Elisabeth fand es wunderschön. Das Gesicht, das zu ihr empor sah, war ungeheuer lebendig und ausdrucksstark. Große Augen blickten sie mit einem ernsten Ausdruck an. Elisabeth meinte, in ihnen etwas wie eine Aufforderung zu erkennen, und konnte den Blick nicht davon wenden.

Unter dem Bild waren ein paar Worte auf Englisch eingeritzt. »Die Zukunft ist ein sozialistisches Afrika«, stand da. Und hinter den Worten war ein kräftiges Ausrufezeichen tief in den Sand gekerbt.

Elisabeth setzte sich neben das Bild und fuhr fort, es zu betrachten, und dabei hörte sie nicht, dass sich ihr von hinten jemand näherte. Sie schrie auf und zuckte zusammen, als sie eine Hand auf ihrer Schulter spürte. Erschrocken drehte sie sich um und schaute direkt in das Gesicht eines jungen Afrikaners, der auf sie herunterblickte. Er lächelte ihr zu.

»Hallo«, sagte er.

Elisabeth sprang auf und wich einen Meter zurück.

»Don't be afraid«, sagte der Afrikaner. Er war vielleicht zwanzig Jahre alt, trug halblange Hosen und ein weißes T-Shirt.

»Sit down«, bat er und hockte sich selbst neben das Bild in den Sand.

Elisabeth ließ sich langsam ein Stück von ihm entfernt nieder.

»Do you like the picture?«, fragte er.

»Yes.«

»I have done it«, erklärte er und schaute sie lächelnd an. »Do you like the sentence?«

Elisabeth nickte unsicher.

Der Sandmaler schwieg eine Weile und schaute sie forschend an. Elisabeth blinzelte gegen die Sonne, die ihr schräg in die Augen fiel.

Plötzlich begann der junge Mann, ein Stückchen Sand plattzudrücken. Dann zog er ein dünnes Holzstöckchen aus der Hosentasche, und Elisabeth sah, dass er anfing, ein Bild von ihr in den Sand zu ritzen.

Er arbeitete schnell. Und als er fertig war, stand er auf und betrachtete sein Werk.

Das Porträt sah ihr unglaublich ähnlich.

Der Sandmaler beugte sich herunter und ritzte ein paar englische Worte unter das Bild. »Der Sozialismus rettet auch euch.«

Er sah sie fragend an. Elisabeth nickte zur Antwort.

»I give you the two pictures«, sagte er und steckte das Stöckchen wieder in die Hosentasche. Und dann fügte er hinzu, die Bilder seien ein Geschenk für sie, aber sie könne sie nicht mitnehmen, wie die Touristen es mit allem anderen machten. Daraufhin berührte er flüchtig ihre Wange und ging davon.

Sie sah ihn wie einen schwarzen Schatten über den weißen Sand verschwinden.

Nach einer Weile kehrte sie zu Stefan zurück, der mit dem Krimi auf dem Gesicht eingeschlafen war. »Mickey Spillane schlägt zu«, las sie. Das Cover zeigte ein halbnacktes Mädchen mit enormen Brüsten, das an das Kopfende eines Betts gefesselt war.

Mickey Spillane schlägt zu, dachte sie und hatte große Lust, Stefan zu treten, damit das Buch wegflog, und er sich ausnahmsweise einmal umsah.

Sie erzählte Stefan nichts von dem Bild im Sand und dem Sandmaler. Dieses Erlebnis wollte sie für sich behalten.
Aber Sven erzählte sie alles, außer dass der Sandmaler ihr die Wange getätschelt hatte. Und Sven hörte zu und meinte, natürlich gebe es in diesem Land auch ein politisches Bewusstsein. Und es sei ein Grund zur Hoffnung, dass einige Menschen erkannten, welche gefährliche Entwicklung dieses Land nahm, auch wenn es nur wenige waren.
»Eines Tages werden sie wohl dieses Hotel in die Luft sprengen«, schloss er.
»Das wäre doch gut«, meinte Elisabeth.
Sven sah sie erstaunt an, und dann nickte er leicht.

Die Begegnung mit dem Sandmaler an diesem leeren, endlosen Strand blieb für Elisabeth eine unauslöschliche Erinnerung an diese Reise. Es war etwas, das sie ganz allein erlebt hatte, und es gab ihr eine neue Art von Lebenslust. Sie freute sich darauf, nach Hause zu kommen und ihre weitere Lebensplanung in Angriff zu nehmen.

Abends, als sie vor dem Spiegel stand, sah sie, dass der hartnäckige Pickel an ihrer Kinnspitze zurückgekommen war.
Aber sie lachte nur darüber.

*

An den letzten Tagen der Reise geschahen die Dinge in rascher Abfolge. Zunächst tauchten die weißgekleideten Göteborger wieder auf.

Stefan entdeckte sie als Erster. Er stand an der Rezeption seines Hotels und wechselte Geld, als er sie durch den Haupteingang kommen sah. Sie gingen zum Souvenirladen am anderen Ende der großen Lobby. Nachdem Stefan sein Wechselgeld in Empfang genommen hatte, folgte er ihnen zu dem Laden. Er spähte durch das mit Souvenirs vollgestopfte Schaufenster und sah, dass sie bei dem einheimischen Verkäufer Filme für ihre Kamera erstanden. Als sie zahlten, zog Stefan sich zurück, setzte sich auf eines der Sofas in der Lobby und steckte sich eine Zigarette an.

Natürlich war es ein Zufall, aber sie kamen heran und setzten sich ausgerechnet auf das Sofa ihm genau gegenüber. Und er konnte nicht umhin zu hören, worüber sie sprachen.

Offenbar planten sie einen Ausflug zu einem kleinen Dorf, von dem sie nicht genau wussten, wo es lag. Sie hatten eine große, detaillierte Karte bei sich, die sie mühsam entfalteten und auf dem Glastisch ausbreiteten. Stefan versuchte, sich die Punkte zu merken, auf die sie zeigten, und verstand sogar den Namen des Dorfs.

Nach einer Weile schienen sie sich darauf geeinigt zu haben, wie sie dorthin gelangen würden, und Stefan hörte, dass es nur zehn Kilometer entfernt lag.

Am Nachmittag mieteten Elisabeth und Stefan Fahrräder und strampelten los. Stefan hatte die gleiche Karte gekauft wie die Göteborger und darauf das Dorf gefunden, das sie besuchen wollten. Als Stefan ihr von den Plänen der beiden erzählt hatte, war Elisabeth sofort bereit gewesen, ebenfalls dorthin zu radeln.

Sie fuhren durch dichte Dschungelvegetation. Der Pfad war nur einen halben Meter breit, und die Räder holperten über knorrige Wurzeln, die aus dem braunen Sand ragten. Laubwerk hing über der Strecke, weshalb es am Boden fast dunkel war. Aus den Wipfeln ertönte Vogelgesang. Vögel flogen an ihnen vorüber, die sie noch nie gesehen hatten. Farbenprächtige Vögel, die eigenartige Laute ausstießen.

Sie radelten schnell. Nach etwa einer Stunde tat sich eine Lichtung vor ihnen auf, und sie sahen ein Dutzend Hütten in einem Kreis um einen offenen Platz angeordnet. Hier schien auch der Pfad zu enden.

Sie machten Halt und stiegen von den Fahrrädern. Kein Mensch war zu sehen, und es war ganz still. Ein magerer Hund lief über den Sandplatz zwischen den Hütten. Seine Pfoten wirbelten Staub auf, der sich langsam wieder auf den Boden senkte. Die Sonne brannte herunter, die Stille kam ihnen unheimlich vor. Sie lehnten die Fahrräder an einen Baum, und Elisabeth nahm die Kamera in die Hand. Dann gingen sie langsam auf die Hütten zu.

Sie erreichten den Sandplatz, der von den Hütten umgeben war, ohne einen einzigen Menschen zu entdecken. Auch der Hund war verschwunden.

»Bist du dir sicher, dass wir hier richtig sind?«, flüsterte Elisabeth.

»Der Pfad endet ja hier«, antwortete Stefan. »Und es ist der richtige Weg. Ich habe mich nicht getäuscht.«

Unsicher schauten sie sich um. Die Hütten schienen aus

dicken Blättern zu bestehen, die auf Rahmen aus Bambusholz gespannt waren. Die Türöffnungen waren zum Sandplatz hin ausgerichtet, wo Stefan und Elisabeth in ihrer Ratlosigkeit stehen geblieben waren.

Schließlich schlug Elisabeth vor, dass sie in eine der Hütten hineinschauen sollten.

»In welche denn?«, fragte Stefan.

»Das spielt doch keine Rolle«, entgegnete Elisabeth. »In irgendeine.«

»Okay«, sagte Stefan.

Fast gleichzeitig steckten sie den Kopf in eine der Hütten, und gleichzeitig schraken sie zurück.

In der Hütte lagen mehrere Menschen auf dem Lehmboden. Im Dunkeln konnten Stefan und Elisabeth etwa ein Dutzend Leute erkennen. Sie saßen oder lagen zusammengerollt oder ausgestreckt auf dem blanken Boden.

Nachdem sich ihre Augen an die Dunkelheit gewöhnt hatten, erkannten Elisabeth und Stefan, dass die Menschen, die hier lagen, krank waren. Gesichter, Hände, Arme und Beine waren deformiert und in Verwesung begriffen. Ohren und Nasen waren weggeätzt, ganz oder teilweise, und die Schädelknochen ragten heraus und leuchteten weiß zwischen eitrigen Hautpartien. Einige der Kranken hatten keine Augen mehr, ihre Augenhöhlen waren leer und schwarz wie Erdlöcher. Andere hatten keine Füße oder Hände. Eine Frau, die an der hinteren Wand lehnte, hatte keine Lippen, keine Nase, keine Augen und nur ein Ohr. In dem fahlen Licht wirkte ihr Gesicht wie eine platt gedrückte schwarze Maske.

Über all dem lag eine schwere Stille. Nur die Atemzüge der Kranken waren zu hören.

Elisabeth übergab sich als Erste. Sie schaffte es gerade noch, sich von der Tür der Hütte abzuwenden, und spie an die Hütte gelehnt. Stefan rannte zu einem Baum hinter der Hütte, ehe sich sein Magen umdrehte.

Beide waren völlig entsetzt. Elisabeth wischte sich mit dem Ärmel über das Gesicht, ging zu den Fahrrädern und setzte sich daneben auf den Boden. Sie zitterte am ganzen Leib. Als Stefan kam, begann sie zu weinen.

Er setzte sich neben sie, genauso zittrig.

Ohne ein Wort zu wechseln, standen sie schließlich beide auf.

Elisabeth spannte die Kamera auf dem Gepäckträger fest, und dann schwangen sie sich auf die Sättel und fuhren so schnell wie möglich fort aus dem stillen Dorf.

Nach etwa einem halben Kilometer wären sie auf dem schmalen Pfad fast mit den weißgekleideten Göteborgern zusammengestoßen. Stefan radelte voran und musste ausweichen, um den Mann nicht anzufahren. Alle waren gezwungen anzuhalten.

Sie nickten einander zu, und der weißgekleidete Mann fragte, ob sie durch ein Dorf gekommen seien. Stefan und Elisabeth sahen einander an und nickten.

»Ist es weit?«, fragte die weißgekleidete Frau.

»Nein«, antwortete Stefan. »Nicht weit.«

»Was wollen Sie da?«, fragte Elisabeth, und Stefan blickte

sie erstaunt an. Elisabeth war selbst überrascht, dass ihr die Frage herausgerutscht war.

Der Mann sah sie mit zusammengekniffenen Augen an.

»Es gibt doch dort bestimmte Menschen«, begann er.

»Ja«, sagte Elisabeth.

»Wir wollen sie fotografieren«, fügte er hinzu.

»Fotografieren?«, fragte Elisabeth schockiert.

»Wie Sie vielleicht bemerkt haben, sind es Leprakranke«, entgegnete der Mann und wischte sich den Schweiß von der Stirn unter dem weißen Tropenhelm. »Wir fotografieren Kranke, meine Frau und ich.«

»Wir sammeln solche Bilder«, fügte seine Frau hinzu, die noch von der Radtour etwas außer Atem war.

»Wenn Sie uns also entschuldigen«, sagte der Mann und setzte sich wieder auf sein Rad.

Stefan und Elisabeth machten ihnen Platz und schauten den beiden Weißgekleideten nach, wie diese den Pfad hinunter verschwanden.

»Lepra«, sagte Stefan. »Wie konntest du fragen, was sie dort wollen. Wie konntest du nur?«

»Ich weiß nicht«, antwortete Elisabeth.

In hohem Tempo fuhren sie zurück zum Hotel, lieferten die Räder ab und gingen hinunter zu Stefans Bungalow.

»Was für Scheißtypen«, sagte Stefan, als er auf seinem Bett saß.

Elisabeth antwortete nicht. Sie stand in der offenen Tür und schaute zum Strand hinunter, wo die Touristen herumplantschten oder sich sonnten. Sie sah die Verkäufer ihre

Runden drehen und dachte, dass es jetzt schön wäre, Sven zu treffen.

Als sie Stefan fragte, ob er auch Lust dazu hätte, sagte er Ja. Er schlug sogar vor, Sven hierher zum Abendessen einzuladen. Während Elisabeth zum Hotel fuhr und ihn abholte, würde er sich um einen Tisch im Restaurant kümmern.

Sie aßen auf der Terrasse. Es blieben ihnen noch zwei Tage bis zur Heimreise. Von ihrem Tisch aus hatten sie eine herrliche Aussicht auf den Strand und das Meer, das jetzt ganz still dalag. Die untergehende Sonne warf rote Lichtbündel auf ihre Gesichter. Sie lachten darüber, wie braun sie geworden waren. Sven zauberte mit ein paar Silbermünzen, und Stefan versuchte, es ihm nachzumachen. Sie bestellten Fleisch und Wein, und es versprach, ein vergnüglicher Abend zu werden. Sie waren fast allein auf der Terrasse, und von irgendwoher erklang leise Musik aus einem Radio.

Sven fragte, ob sie sich darauf freuten, wieder nach Hause zu kommen, und er erzählte, dass er in einer Zeitung, die ein paar Tage alt war, gelesen hatte, dass es in Schweden schon schneite.

»Schnee«, sagten Stefan und Elisabeth fast gleichzeitig und schauten auf den Strand hinaus. Es war nicht zu glauben.

Der Wein stieg Elisabeth allmählich zu Kopf, und sie bekam rote Wangen. Dabei fühlte sie sich so durch und durch wohl, dass sie fast wünschte, die Zeit würde stehenbleiben. Sven, der ihr gegenüber saß, und Stefan neben ihr, die

Sonne, die hinter dem Dschungel versank, und die stille laue Luft: So sollte es immer sein.

»Wollen wir ein Gedicht schreiben?«, fragte sie plötzlich.

Sven lächelte.

»Ein Gedicht?« Stefan lachte.

»Ja, jeder schreibt eine Zeile«, sagte Elisabeth, und sie wusste selbst nicht so recht, wie sie auf diese Idee kam.

»Dann fang du an«, meinte Stefan.

»Okay«, sagte Elisabeth und bereute ihren Vorschlag bereits. Sie hatte eindeutig zu viel Wein getrunken.

»Ich fange an«, sagte Sven. Er zog einen Stift und ein Notizbuch aus der Jackentasche und riss ein Blatt heraus. Dann dachte er einen Augenblick nach und schrieb, während er gleichzeitig vorlas.

»Auf einer Terrasse an einem Esstisch, ein Abend in Afrika«, las er.

»Wer bedient«, ergänzte Elisabeth.

»Wie viele bedienen«, kam es rasch von Stefan.

Sie lachten, und das Papier füllte sich rasch Zeile um Zeile. Sie fuhren eine Weile fort, bis das Essen serviert wurde, und dann las Sven vor, was er aufgeschrieben hatte.

Das Gedicht

Auf einer Terrasse an einem Esstisch,
ein Abend in Afrika.
Wer bedient?
Wie viele bedienen?

Hier ist es warm, in Schweden schneit's wie verrückt.	(Stefan)
Was hat das mit der Sache zu tun?	(Elisabeth)
Wenn ihr streitet, wird das ein tolles Gedicht.	(Sven)
Ich streite nicht.	(Elisabeth)
Ich auch nicht.	(Stefan)
Dann sagt, was ihr denkt.	(Sven)
Es war eine verdammt gute Reise, finde ich.	(Stefan)
Warum?	(Sven)
Billig und schön, warm und angenehm.	(Stefan)
Ich hab eine Menge gelernt.	(Elisabeth)
Was denn?	(Stefan)
Lass ihr Zeit.	(Sven)
Ja, ja.	(Stefan)
Wie schrecklich schwer es die Leute hier haben.	(Elisabeth)
Warum?	(Sven)
Weil wir sie betrügen.	(Elisabeth)
Wer denn, verdammt?	(Stefan)
Sei still!	(Elisabeth)
Alles klar. Kommt das Essen nicht bald?	(Stefan)
Hörst du jetzt endlich mal zu?	(Elisabeth)
Ich höre …	(Stefan)
Weil wir dran verdienen.	(Elisabeth)
Woran?	(Stefan)
Am Tourismus. An den Hotels. An allem.	(Elisabeth)
Macht mal langsam. Ich komme mit Schreiben nicht nach!	(Sven)
Wir bezahlen doch für alles.	(Stefan)

Und woher kommt das Geld?	(Elisabeth)
Bravo.	(Sven)
Ich verstehe nicht, was du meinst.	(Stefan)
Dann hör doch zu!	(Elisabeth)
Ich hör ja zu, verflixt!	(Stefan)
Tust du eben nicht. Du hörst mir nie zu.	(Elisabeth)
Du sagst ja nie was.	(Stefan)
Ja, weil du nicht zuhörst.	(Elisabeth)
Jetzt muss ich das Blatt umdrehen.	(Sven)
Wollten wir nicht ein Gedicht schreiben?	(Stefan)
Das hier ist jetzt wichtiger.	(Elisabeth)
Es wird ein gutes Gedicht.	(Sven)
Die Sonne geht unter, und ich will mehr Wein.	(Stefan)
Mach mal langsam.	(Elisabeth)
Prost …	(Stefan)
Antworte mir lieber.	(Elisabeth)
Was sagst du denn?	(Stefan)
Hast du doch gehört!	(Elisabeth)
Jetzt kommt das Essen …	(Stefan)

Als Sven geendet hatte, lachten sie alle drei.

»Wurde doch verdammt lang«, sagte Stefan.

»Ich hab alles aufgeschrieben«, erklärte Sven.

»Darf ich es haben?«, fragte Elisabeth. Sie bekam das Blatt und steckte es in die Tasche.

Das Radio rauschte in der Ferne. Sie aßen und genossen den warmen Abend.

Beim Kaffee erzählten sie Sven von dem Fahrradausflug zu dem Dorf und von der Begegnung mit dem weißgekleideten Paar aus Göteborg. Zum Schluss zog Stefan das Bild mit dem nackten Schwarzen aus der Tasche und zeigte es Sven. Der betrachtete das Foto lange und schüttelte dann langsam den Kopf.

»Zum Kotzen«, sagte er. So drastisch hatte er sich noch nie ausgedrückt.

Stefan und Elisabeth schauten ihn gespannt an und warteten.

»Das ist abscheulich«, sagte er schließlich. »Ich habe von diesen Lepradörfern gehört. Das ist eine Unsitte aus der Zeit der Engländer, Kranke einfach zu verbannen. Sie einfach in isolierten Dörfern zu verstecken, wo sie dahinsiechen und sterben. Das heutige Regime macht es offenbar genauso. Damit die Touristen sich nicht erschrecken. Und was diese Göteborger treiben, das ist wirklich grotesk, nicht zu fassen. Haben die tatsächlich gesagt, sie sammeln solche Bilder? Das ist einfach nur makaber, das macht mich rasend.«

Stefan und Elisabeth hatten Sven noch nie so wütend gesehen. In der hereinbrechenden Dunkelheit wirkten seine Gesichtszüge hart und angespannt. Die Stimmung war gekippt.

Sie schwiegen eine Weile, und jeder hing seinen Gedanken nach. Sven und Elisabeth waren mit ihren Eindrücken von diesem armen, unterdrückten afrikanischen Volk beschäftigt, während Stefan vor allem überlegte, ob er später in die Bar gehen sollte oder was sich sonst ergeben könnte.

Nach einer Weile zahlten sie und brachen auf. Sven bedankte sich und sagte, es hätte ihn gefreut, Stefan kennenzulernen. Der begleitete sie hinaus zu einem Taxi und winkte, während sie in die schwarze Nacht davonfuhren.

Dann ging er hinunter in die Bar, und dort traf er Yene.

Sie blieb zum zweiten Mal bei ihm im Bungalow, und diesmal fand Stefan, dass es besser lief, auch wenn sie ihm genauso passiv erschien wie beim ersten Mal.

Als sie morgens aufbrach und das Taxigeld bekam, schlug Stefan ein Treffen für den nächsten Tag vor. Yene versprach, im Lauf des Vormittags zum Strand zu kommen. Es war der letzte Tag der Reise.

Der letzte Tag

Am letzten Tag ereignete sich etwas, das für Elisabeth wie ein Schlag ins Gesicht war.

Sie war ungewöhnlich früh aufgewacht und als Erste zum Frühstück im Speisesaal. Schon um Viertel nach acht ging sie auf die Terrasse hinaus und überlegte, was sie machen sollte. Noch wollte sie nicht zum Strand gehen, um zu baden, und auch nicht zu Stefans Hotel fahren. Während sie nachdachte, hörte sie jemanden ihren Namen rufen.

Auf der anderen Straßenseite standen Ndou und seine Schwester Yene. Sie winkten ihr zu, und Elisabeth ging die Treppe hinunter und überquerte die Straße. Sie freute sich darüber, dass Yene mitgekommen war. Das hatte sie nicht erwartet. Ndou trug sein RFSU-Shirt, hüpfte von einem Bein auf das andere und lachte. Elisabeth fragte ihn, woher er denn das T-Shirt hätte.

»Von Yene«, rief er. Sie lachte und erklärte, ein schwedischer Junge hätte es ihr gegeben.

Elisabeth fragte die beiden, ob sie hungrig seien oder etwas zu trinken haben wollten. Aber sie schüttelten die Köpfe. Sie seien nur gekommen, um sich zu verabschieden. Elisabeth schlug vor, wenigstens einen Spaziergang machen.

Sie gingen in die Stadt. Elisabeth lief neben Yene, und Ndou hüpfte ein Stück voraus. Er ist wie ein glücklicher Hund, dachte Elisabeth. Sie wusste nicht recht, worüber sie mit dem Mädchen sprechen sollte. Sobald sie sich Yene zuwendete, strahlte die sie nur an, und da war es schwierig, ein vernünftiges Thema zu finden. Schließlich fragte Elisabeth doch, was Yene eigentlich so mache.

»Nothing«, antwortete die und breitete resigniert die Hände aus.

Elisabeth fragte, ob es daran liege, dass es so wenig Arbeit gab, und Yene nickte. Auf die Frage, ob sie es denn in den Hotels versucht hätte, antwortete Yene, das tue sie einmal in der Woche. Sie mache die Runde bei allen Hotels der Stadt, und sie sei bereit, jede Art von Arbeit anzunehmen. Bisher hätte sie jedoch nichts Festes finden können, aber früher oder später würde es schon klappen.

Yene sprach langsam und nachdenklich. Elisabeth fragte, ob sie nicht auch Lust hätte, ins Ausland zu gehen und dort Arbeit zu suchen. Da schüttelte Yene den Kopf. Schließlich habe sie ja ein Kind.

Ihr Spaziergang führte sie in den Stadtkern. Elisabeth hatte sich allmählich an den Gestank gewöhnt, und es gefiel ihr gut, mit Yene und Ndou aufs Geratewohl herumzustreifen.

Plötzlich kniff Ndou sie in den Arm und zeigte in eine Richtung.

»Look«, sagte er.

Er deutete auf eine Schar kleiner Jungen, die unter einem Baum auf der anderen Seite der Straße standen. Sie schrien und schlugen mit Stöcken auf etwas ein, das an einem Strick von einem Ast hing.

Elisabeth blieb stehen und stellte fest, dass es ein großer Vogel war. Die roten Beine waren zusammengebunden, und der Vogel hing kopfüber an dem Strick.

Es war ein Geier, ein großer Geier. Und er lebte noch. Elisabeth bekam weiche Knie, als sie sah, wie die Jungen mit ihren Stöcken wie verrückt auf den Vogel einprügelten, der hilflos mit den Flügeln schlug, auf den Körper und den kleinen Kopf mit dem großen Schnabel. Dabei lachten sie. Elisabeth wurde übel von dieser grausamen Tierquälerei.

»Very good«, sagte Ndou.

»What do you mean?«, fragte Elisabeth überrascht. Sie war zu verblüfft über Ndous Reaktion, als dass sie ihm hätte böse sein können.

Aber Yene veränderte mit einem kurzen Kommentar Elisabeths Sichtweise.

»It is a parasite. Therefore they hit it«, erklärte sie.

Und da begriff Elisabeth, dass der Geier für die kleinen Jungen ein Konkurrent war. Einer, mit dem man um Nahrung kämpfte. Hier, wo die Versorgung mit Essen keine Selbstverständlichkeit war, betrachteten die Kinder den Geier als Feind und schlugen ihn tot. Das rechtfertigte nicht die Tierquälerei, machte sie aber begreiflich.

So musst du es sehen, dachte sie. Das ist der Hintergrund.

Als der Vogel tot war, warfen die Jungen die Stöcke weg

und zogen weiter. Der Vogel blieb leblos mit dem Kopf nach unten hängen. Er zuckte noch ein paarmal mit den Flügeln. Mehr nicht.

Langsam gingen sie zurück zum Hotel. Elisabeth fragte Ndou, wie die Jungen den Vogel gefangen hätten, aber er breitete nur die Hände aus und sagte, er wisse es nicht.

Vor dem Hotel verabschiedeten sie sich. Elisabeth umarmte die beiden und winkte ihnen lange nach, während sie auf der Winston Street in die Stadt hineingingen. Allerdings ahnte sie nicht, dass sie Yene noch einmal treffen würde, ehe sie den Rückflug antrat.

Am Nachmittag nahm Elisabeth ein Taxi zu Stefans Hotel. Sie erreichte es gegen zwei Uhr, ging zum Bungalow und klopfte an. Als sie keine Antwort bekam, drückte sie die Klinke herunter. Die Tür war nicht verschlossen, und Elisabeth öffnete sie und ging hinein.

Das Zimmer war leer. Stefan musste irgendwo am Strand sein. Elisabeth nutzte die Gelegenheit, um sich im Zimmer rasch die Badesachen anzuziehen, ehe sie zum Meer hinunterging.

Als sie die beiden sah, erkannte sie zunächst nur Stefan. Er lag am Strand, über ein farbiges Mädchen gebeugt. Elisabeth ging zu ihnen hin, und Stefan grinste sie an. Das Mädchen lächelte etwas überrascht.

»Hallo Yene«, sagte Elisabeth. »I didn't expect to see you so soon.«

Stefan war verblüfft.

»Kennt ihr euch?«, fragte er und sah von einer zur anderen.

»Ja«, antwortete Elisabeth. »Wir haben uns mehrmals getroffen. Ich bin auch schon bei ihr zu Hause gewesen.«

Dann wandte sie sich an Yene und übersetzte: »He wonders if we have met before.«

Yene lachte. Stefan sah nur verwirrt aus, und Elisabeth spürte, dass sie wütend wurde. Aber es war keine Eifersucht, sondern Zorn, weil auch Stefan sich an der Armut in diesem Land bediente. Und natürlich ahnte sie, was im Bungalow passiert war. Aber es gelang ihr, sich zusammenzureißen, und sie setzte sich in den Sand. Als Stefan fragte, woher sie sich denn kannten, schnaubte Elisabeth nur und sagte, das spiele keine Rolle.

Dann badeten sie und sonnten sich. Yene und Elisabeth hatten Spaß, während Stefan weiterhin verunsichert wirkte, und allmählich ging seine Stimmung in eine allgemeine Gereiztheit über. Schließlich wendete er sich ab und las seinen Mickey Spillane, während Elisabeth und Yene sich ins Meer stürzten.

Elisabeth konnte nicht umhin, die Situation ein wenig zu genießen. Sie wusste, dass sie momentan die Oberhand hatte, und das tat gut. Dennoch blieb die Unsicherheit, welche Art von Beziehung Yene und Stefan hatten. Aus dem Verhalten der beiden konnte sie nichts ablesen.

Auch noch beim Abschied am Nachmittag vor dem Hotel blieb Stefan abweisend. Yene und Elisabeth umarmten einander, während Stefan nur die Hand hob und »Tschüs« sagte.

Yene bat nicht um Taxigeld. Sie lief die Straße hinunter in die Stadt hinein, und Elisabeth dachte gar nicht daran, dass sie nun den ganzen Weg nach Hause zu Fuß zurücklegen musste.

Und Yene ging. In der Hitze und dem aufwirbelnden Staub auf die Stadt zu. Denselben Weg, den sie schon zwei Mal von Stefan aus gegangen war. Sie hielt sich dicht am Straßenrand und achtete sorgfältig auf die Autos, die ihr begegneten oder sie überholten.

Auf dem Weg zu Stefans Bungalow knallte es dann.

»Schwarze Haut«, sagte er.

»Was meinst du damit?«, fragte Elisabeth.

»Schwarze Haut. Ihre Haut fühlt sich wie Leder an.«

Elisabeth wusste selbst nicht, wie es passierte. Ihr rechter Arm flog einfach in die Luft, und sie schlug Stefan hart ins Gesicht. Er wäre fast gestürzt, und er war so überrascht von dem Schlag und dem Schmerz, dass es ihm die Sprache verschlug. Aus seiner Lippe perlte ein wenig Blut. Elisabeth stand vor ihm und zitterte.

»Widerlich. Einfach nur widerlich.«

Das war alles, was sie herausbrachte. Sie war so wütend, dass sie stotterte, und die Tränen schossen ihr in die Augen.

Dann rannte sie einfach weg.

*

Am Abend fuhr Elisabeth noch einmal zu Stefans Hotel. Ihr Zorn hatte sich gelegt, aber sie wollte ihm zeigen, dass sie ihm ab sofort anders gegenübertreten würde. Sie wollte ihm klarmachen, dass die Ohrfeige kein hysterischer Anfall gewesen war, sondern eine Reaktion, und dass sein Verhalten Folgen hatte.

Darum ging es ihr, als sie am Abend zu ihm fuhr.

Die Sonne ging gerade unter, und Elisabeth fand Stefan auf der Terrasse. Er saß an einem Tisch und trank Bier. Sie sah, dass seine Unterlippe aufgeplatzt und etwas geschwollen war.

»Hallo«, sagte sie und setzte sich.

»Hallo«, entgegnete Stefan etwas unsicher.

Elisabeth bestellte Kaffee, und sie saßen schweigend da und schauten aufs Meer hinaus. Schließlich holte Elisabeth ihre Kamera heraus und ging auf den Platz vor der Terrasse. Dort machte sie zwei Fotos vom Meer.

»Die Letzten«, sagte sie, als sie zurückkam.

Sie tranken ihr Bier und ihren Kaffee und saßen schweigend da, ließen die Dunkelheit herabsinken, die sie langsam umschloss.

Erst als der Kellner kam und kassieren wollte, da seine Schicht zu Ende war, wechselten sie ein paar Worte miteinander.

»Hast du gepackt?«

»Nein. Und du?«

»Das mache ich, wenn ich zurück im Hotel bin.«

»Morgen heißt es früh aufstehen.«

»Um fünf.«

»Bei mir auch.«

»Dann sehen wir uns.«

»Ja, das tun wir.«
Nichts weiter.
Elisabeth fuhr nach Hause.

Der Flugplatz

Elisabeth wurde um fünf Uhr morgens geweckt. Ein diskretes Klopfen an der Tür reichte, und sie war hellwach. Rasch stieg sie aus dem Bett und stolperte über den Koffer, den sie am Abend zuvor gepackt hatte. Sie schlug sich einen Fußknöchel an und hüpfte eine Weile auf einem Bein herum, bevor sie ins Bad ging und duschte.

Als sie dastand und das lauwarme Wasser über ihr Gesicht strömen ließ, hörte sie den Gesang. Zunächst konnte sie nicht erkennen, woher er kam. Sie stellte das Wasser ab, und da erkannte sie, dass er aus der Moschee neben dem Hotel drang. Sie ging ins Schlafzimmer und hinterließ Wasserflecken auf dem Teppich. Vorsichtig schob sie das Moskitonetz ein wenig zur Seite und lauschte. Es war eine hohe klare Männerstimme, die aus der weißen Moschee schallte. Ein anschwellender, klagender und monotoner Wortstrom drang aus der weißen Moschee in die dunkle Nacht. Elisabeth schauderte es ein wenig vor dieser Stimme in der Dunkelheit, zumal sie kein Wort verstand.

Lange stand sie da und lauschte dem fremdartigen Gesang. Erst als es noch einmal an ihre Tür klopfte, ging sie zurück ins Bad und machte sich fertig.

Als sie in die Lobby trat, war der ganze Raum bereits vollgestellt mit dem Gepäck der Heimreisenden. Die meisten waren in den Speisesaal gegangen, um ein bisschen zu frühstücken, ehe der Bus zum Flughafen startete.

Sven saß schon an einem Tisch und trank Tee. Sie holte einige Scheiben Brot und eine Tasse Kaffee und setzte sich zu ihm. Er lächelte sie an und fragte, ob sie müde sei.

»Nein«, antwortete sie. Ob er denn den Gesang gehört habe?

»Jeden Morgen«, erwiderte er. »Das ist die Gebetsstunde der Moslems. Der Muezzin singt jeden Morgen. Ich finde es wunderschön. Zum Glück habe ich einen leichten Schlaf. Ich habe ihn jeden Tag gehört.«

»Ich noch nie«, sagte Elisabeth. »Ich schlafe so fest.«

»Das tut man in deinem Alter«, meinte Sven lächelnd. »Entweder schläft man überhaupt nicht, oder so tief, dass einen nichts weckt. War bei mir auch so. Aber jetzt hast du ihn zum Abschluss wenigstens einmal gehört. Und gleich wirst du auch noch den Sonnenaufgang erleben.«

Als sie in den alten Volvobus stiegen, war es immer noch dunkel. Sven und Elisabeth setzten sich ganz nach hinten, wo Elisabeth auch auf der Hinfahrt gesessen und geweint hatte.

Sie verließen die Stadt.

Jetzt ist es also zu Ende, dachte Elisabeth, und sie legte ihr Gesicht an das Busfenster und versuchte, etwas zu erkennen, aber draußen war es noch viel zu dunkel. Was habe ich denn eigentlich erlebt, dachte sie. Bilder von den vierzehn Tagen flimmerten vor ihrem inneren Auge vorbei.

Aber jedes Bild hatte ein Eigenleben. Einen selbstverständlichen Zusammenhang konnte sie nicht erkennen.

Noch ganz in Gedanken meinte sie plötzlich, Sven habe etwas gesagt.

»Was ist?«

»Nichts«, entgegnete Sven. »Ich habe nur vor mich hingemurmelt.«

»Was hast du gemurmelt?«, fragte sie.

Er schaute sie an.

»Die wachsende Wüste.«

»Ach so.«

Sie fingen gleichzeitig an zu lachen. Das Gespräch hatte etwas Absurdes.

»Soll ich dir erzählen, woran ich gedacht habe?«, fragte Sven.

»Ja.«

»Du weißt, dass die Sahara nördlich von diesem Land liegt und so unendlich groß ist, dass sie sich bis zum Mittelmeer und dann weit in die arabischen Länder hinein erstreckt. Die Wüste ist ja unfruchtbar. Dort kann kaum etwas wachsen, und es leben auch nur wenige Menschen in diesen Gebieten. Aber das Furchtbare ist, dass die Wüste wächst. Ich glaube, sie drängt jedes Jahr ungefähr einen Kilometer weiter ins Land hinein. Das mag wenig erscheinen, weil Afrika so ungeheuer groß ist, aber jeder weitere Kilometer Wüste bedeutet einen Kilometer weniger urbares Land. Und das bedeutet wiederum, dass die Menschen mehr und mehr zusammengedrängt werden und immer weniger Möglichkeiten haben, sich zu ernähren. Deshalb ist das Wachsen der Wüste so unheimlich. Auf hinterhältige Art breitet sich die Dürre aus. Aber das passiert nicht zufällig oder aus Bosheit der Natur, es liegt an der Bodenerosion, die wie alles andere Elend hier von den Kapitalisten verursacht ist. So hat man beispielsweise Wald abgeholzt, der zuvor eine natürliche Mauer gegen den Treibsand bildete. Man hat es getan, um auf kurze Sicht Geld zu verdienen. Aber was sollen die Hungernden dazu sagen? Haben sie etwas von dem Geld bekommen, das der abgeholzte Wald eingebracht hat? Natürlich nicht. Wenn man begreifen will, was der Kapitalismus für Afrika bedeutet, und wirklich verstehen will, wie wichtig es ist, etwas dagegen zu unternehmen, ist die wachsende Wüste ein gutes Beispiel. Darüber habe ich gerade nachgedacht.«

Der Bus ratterte und holperte, und Elisabeth musste an die Hinfahrt denken. Jetzt heule ich jedenfalls nicht, dachte sie. Die Wüste wächst, und ich heule nicht.

Da fiel ihr der Sandmaler ein. Und in diesem Moment, in dem holpernden Bus auf dem Weg zum Flugplatz, hatte sie das Gefühl, dass auf dieser Reise etwas Wichtiges mit ihr geschehen war. Sie konnte es selbst noch nicht richtig in Worte fassen. Sicherer, dachte sie plötzlich. Ich bin dabei, sicherer zu werden.

Als sie am Flughafen aus dem Bus stiegen, begann es zu dämmern. Aus dem Busch hörte Elisabeth die Geräusche der anderen Busse, und sie sah die flackernden Scheinwerfer herannahen.

Zusammen mit Sven ging sie zur Passkontrolle. Wie schwarze Schatten strömten die Passagiere anschließend hinaus zu dem stahlgrauen Flugzeug, das auf der Landebahn stand. Es war von zwei Scheinwerfern beleuchtet und sah gespenstisch aus. Elisabeth meinte, die Zahlenkombination an der Seite zu erkennen. Vielleicht war es derselbe Flieger, mit dem sie hergekommen war.

Das flößte ihr Vertrauen ein. Jetzt wollte sie schnell und gefahrlos nach Hause kommen und alles anpacken, was getan werden musste. Vielleicht doch, dachte sie. Vielleicht ist diese Reise doch das gewesen, was ich mir erhofft hatte: ein Schritt vorwärts.

Die Sonne stieg jetzt rasch am Himmel auf. Sie standen zu dritt unter einem Flügel des riesigen Fliegers und sahen dem Sonnenaufgang zu.

Und an diesem Punkt endete die Reise. Auf dem Flugplatz vor der Stadt in dem Land, in dem sie gewesen waren. Die Rückreise mit Zwischenlandung und Gedränge, Schweiß und Sandwiches in Plastikfolie war nur mehr eine kleine Episode. Stefan und Elisabeth hatten einander nicht mehr viel zu sagen, und Sven saß ein Stück weit entfernt.

In Kastrup herrschten Dunkelheit und Schneetreiben, als sie landeten. Die Kälte schlug ihnen entgegen, aber sie war leichter zu ertragen als der Wechsel von Kälte zu Wärme.

In der Ankunftshalle verabschiedeten sich Elisabeth und Stefan von Sven, und sie nickten auch Jørgensen zu, der einen Gepäckwagen vor sich herschob, beladen mit Souvenirs und Koffern. Der Däne summte ein Weihnachtslied.

Sie tauschten mit Sven Adressen aus, und dann ging er

zum nächsten Gate. Er würde nach Stockholm weiterfliegen.

Elisabeth und Stefan nahmen ein Taxi zur Anlegestelle der Flugboote.

Das Boot war fast voll besetzt, als sie von Kopenhagen ablegten. Viele der Passagiere waren offenbar nach Dänemark hinübergefahren, um Weihnachtseinkäufe zu machen. Andere betranken sich einfach auf den Booten, die zwischen Malmö und Kopenhagen pendelten.

Das Boot schlingerte und stampfte. Es wehte ein scharfer Wind, und der Schnee wirbelte vor den Fenstern.

Elisabeth saß neben Stefan. Jetzt, dachte sie. Jetzt ist die Reise wirklich zu Ende.

Die Fotografien

Sechs Monate waren seit der Reise nach Afrika vergangen, als sie einander in der Bibliothek am Schachtisch gegenübersaßen.

Damals, als sie in Kastrup gelandet waren, die Kälte ihnen entgegenschlug und sie schweigend auf dem Flugboot über den Sund fuhren, war es Ende November gewesen.

Jetzt war es Mitte Mai.

Sie hatten sich zufällig auf dem Marktplatz wiedergetroffen. Elisabeth kam gerade aus einem Buchladen, als Stefan plötzlich vor ihr stand. Sie hatten einander nicht mehr gesehen, seit sie sich an diesem Novemberabend unten an der Anlegestelle der Flugboote getrennt hatten.

Jetzt standen sie sich plötzlich gegenüber und musterten einander verstohlen. Der Verkehr lärmte um sie her. Es war ein warmer, sonniger Tag.

Schließlich fragte Elisabeth Stefan, ob er es eilig habe. Er antwortete, er müsse leider ziemlich schnell weiter, und unterstrich das, indem er auf seine Armbanduhr schaute. Sie ist neu, stellte Elisabeth fest. Flotter und noch teurer als die letzte. Er ist wie immer, dachte sie.

Ob er jetzt in der Stadt wohne, wollte sie wissen. Sie habe ihn lange nicht gesehen.

Er antwortete Ja und Nein, und Elisabeth schlug vor, sich für einen anderen Tag zu verabreden.

Morgen?

Elisabeth arbeitete jetzt in einer Bibliothek. Sie erledigte Hausmeisterarbeiten und las heimlich. Sie beschlossen, sich dort am nächsten Nachmittag gegen drei zu treffen, wenn Elisabeth Feierabend hatte.

Sie verabschiedeten sich, und Stefan ging sehr schnell davon. Elisabeth schaute ihm nach und dachte, gerade weil er neue Sachen trägt, ist er der Alte.

Dann kehrte sie zu ihrem Job zurück und war gespannt auf den nächsten Tag.

»Wir könnten da reingehen«, schlug Elisabeth vor, als Stefan am nächsten Tag um Punkt drei Uhr auftauchte. »Das Schachzimmer ist, glaube ich, jetzt leer.«

Die alte Bibliothek war alt, mit hohen Wänden und einem ovalen Fenster in der Dachkuppel. Ein dicker Teppich verschluckte alle Geräusche. Elisabeth ging voraus, Stefan gleich hinter ihr.

Auf dem Schachbrett befanden sich nur wenige Figuren. Drei Bauern in Weiß, die weiße Königin und der König. Außerdem ein schwarzer Springer und ein umgestürzter schwarzer König. Die übrigen Figuren lagen in ihren Ausziehschubläden unter der Sanduhr. Stefan drehte den Springer zwischen den Fingern, Elisabeth die Königin.

»Es ist ziemlich lange her«, sagte sie.

»Ja, schon. Ein halbes Jahr, oder?«

»Eher länger.«

»Herrje, wie die Zeit vergeht. Arbeitest du schon lange hier?«

»Seit dem 10. Januar.«

»Ach. Macht es Spaß?«

»Mir gefällt es.«

»Du verleihst die Bücher, oder?«

»Nein. Ich bin sozusagen die Hausmeisterin.«

»Echt?«

Eine Weile schwiegen sie. Stefan versuchte, seinen schwarzen Springer dazu zu bringen, auf dem Kopf zu stehen. Elisabeth spielte mit der Königin und betrachtete Stefan. Dasselbe dichte Haar, dieselbe Art, die Schultern zu heben und zu senken.

»Und du?«, fragte sie schließlich.

»Ja ... Ich arbeite bei meinem Vater.«

»In Stockholm?«

»Meistens. Da fühle ich mich wohl.«

»Wirst du nach Stockholm ziehen?«

»Sieht ganz danach aus.«

»Nicht mehr lange daheim?«

»Eine Woche vielleicht.«

Jetzt schauten sie einander an und lächelten etwas verkrampft. Sie hat sich nicht verändert, dachte Stefan. Dieselben Haare, dasselbe etwas bleiche Gesicht. Und immer noch der Pickel am Kinn.

Es waren die Fotografien, die ihnen endlich Gesprächsstoff boten. Stefan wollte wissen, ob sie gut geworden waren, und Elisabeth antwortete, ein paar seien unscharf und verschwommen. Aber nur einige. Der Rest sei gut.

Und sie fragte, ob er sie sehen wolle.

»Gern. Aber wann?«

»Ich kann sie morgen mitbringen.«

»Können wir uns nicht woanders treffen?«

»Gefällt es dir hier nicht?«

»Das ist es nicht. Aber woanders kann man etwas essen.«

Stefan wollte abends ausgehen, aber Elisabeth schlug ein Mittagessen vor. Eine Ringbar in der Stadt, nicht weit von der Bibliothek entfernt. Stefan willigte ein und stand auf, den Springer noch immer in der Hand.

»Nimm ihn nicht mit«, sagte Elisabeth.

»Aber nein.« Er stellte die Figur ab. »Wir sehen uns«, sagte er.

»Um zwölf«, antwortete sie.

Am Abend saß Elisabeth zu Hause in ihrem Zimmer und schaute die Fotos durch. Sie fragte sich, woran Stefan sich alles erinnern würde.

Als sie in dem Lokal eintraf, war Stefan schon da, und er winkte ihr von einem Ecktisch aus zu. Die Ringbar war voll besetzt, und Elisabeth überholte die Schlange der Essensgäste und nahm nur eine Tasse Kaffee, obwohl sie hungrig war. Sie drängte sich mit der Tasse in der linken Hand zu dem Ecktisch hinüber.

»Hallo«, sagte Stefan. Er hatte schon gegessen und das

Tablett beiseitegeschoben. Ein Salatblatt und ein paar Pommes deuteten auf ein Beefsteak hin, das bestimmt fünfzehn Kronen gekostet hatte.

»Hallo«, entgegnete Elisabeth und setzte sich ihm gegenüber.

Sie zog das Kuvert mit den Fotos aus der Tasche und reichte es Stefan.

»Was für ein Packen! Haben wir wirklich so viele Bilder gemacht?«

»Fünfunddreißig«, antwortete Elisabeth, warf ein Zuckerstück in die Tasse und begann zu rühren, während Stefan das Kuvert öffnete und die Bilder hervorholte.

Die Fotografien.

Ganz oben auf dem Stapel, den Elisabeth am Abend zuvor geordnet hatte, lagen die Bilder von Ndou. Sie waren alle geglückt, scharf und in starken Farben. Zum einen die Bilder von dem Fußballspiel, auf denen Ndou dastand und dem Präsidenten nachsah. Zum anderen die Porträtfotos, die Elisabeth von Ndou gemacht hatte. Auf jedem lachte er vor einem strahlend blauen Himmel.

Langsam nahm Stefan Bild für Bild von dem Stapel und legte sie auf den Tisch.

Dann folgten die Fotos in chronologischer Reihenfolge, Tag um Tag. Angefangen mit dem Besuch auf dem Friedhof bis zum letzten Abend mit den Bildern vom Meer.

Ganz unten in dem Stapel lag das Foto, das Stefan von Elisabeth gemacht hatte und das leider ein wenig unscharf geworden war. Doch als Allerletztes kam das Bild von dem nackten Schwarzen mit den enorm geschwollenen Hoden zum Vorschein.

Stefan zuckte zurück.

»Du hast das Bild aufgehoben? Warum wirfst du diesen Dreck nicht einfach weg?«

»Ich weiß nicht«, sagte Elisabeth.

»Ich dachte, ich hätte es verloren.«

»Hast du auch. Aber ich habe es genommen.«

Stefan nahm das Foto zur Hand, das er heimlich von Elisabeth am Strand geknipst hatte.

»Hat dich das Bild überrascht?«

»Ja. Wann hast du es gemacht?«

»Ich weiß nicht genau, wann es war. Aber du hast jedenfalls geschlafen.«

»Es ist gut geworden.«

»Ja.«

Stefan blätterte weiter zurück und fragte, ob er ein paar von den Bildern bekommen könnte. Elisabeth sagte, er könne sich eines aussuchen, wenn er nicht die Filme borgen und die Abzüge selbst bezahlen wolle.

»Eines reicht mir«, meinte er.

Er wählte lange. Elisabeth trank den Kaffee aus, ihre Mittagspause ging langsam zu Ende.

»Hast du keine Zeit mehr?«, fragte Stefan.

»Noch ein bisschen.«

Er blätterte vor und zurück. Schließlich hielt er bei einem Bild von Ndou bei dem Fußballspiel inne.

»Das?«, fragte Elisabeth.

»Ja«.

»Klar. Nimm es nur.«

»Danke.«

Stefan zog die Brieftasche aus der Innentasche seiner

Jacke und steckte das Bild hinein. Elisabeth schob die übrigen Fotos zusammen und packte sie in das Kuvert. Dann musste sie aufbrechen.

»Ich rufe an«, sagte Stefan vor der Tür der Ringbar, ehe sie sich trennten.
 »Du hast ja meine Nummer«, sagte Elisabeth.
 Dann ging jeder in seine Richtung.

Während Elisabeth zur Bibliothek zurückging, verspürte sie eine innere Unruhe. Aber nicht wegen Stefan. Sie hatte vielmehr das Gefühl, etwas Definitives wäre passiert. Die Reise nach Afrika, all die Erlebnisse, lagen jetzt unwiderruflich hinter ihr. Sie wusste, es war idiotisch, aber für einen kurzen Augenblick wünschte sie sich in den Bus zwischen Landskrona und Malmö zurück, als sie noch im Kindergarten arbeitete und sich entschlossen hatte, nach Afrika zu fahren.
 Aber dieses Gefühl von Wehmut befiel sie nur für einen kurzen Moment. Dann freute sie sich auf alles, was vor ihr lag, und sie überquerte die Straße bei Rot, um rechtzeitig zu ihrer Arbeit zu kommen.

Wenn man will, kann man sie sehen, eine kleine dünne Gestalt, wie sie die Treppen zu der hohen Eingangstür der Bibliothek hinaufläuft.

Stefan hingegen war unzufrieden, als er davonging. In gewisser Weise vermisste er Elisabeth, und er hatte das bestimmte Gefühl, dass sie sich kaum wiedersehen würden.

Und wenn, dann wahrscheinlich nur zufällig. Und dieser Gedanke irritierte ihn. Es kam ihm so vor, als habe sie sich von ihm losgerissen und nicht erzählt, wohin sie unterwegs war. Und das machte ihn unruhig.

Solche Gedanken gingen ihm durch den Kopf, als er an diesem Nachmittag mehr oder weniger ziellos durch die Stadt lief, an einem Tag im Frühjahr 1972.

Inhalt

Stefan und Elisabeth 7

Das Land, in das sie kamen 34

Das Land, in dem sie waren 90

Das Bild im Sand 119

Der letzte Tag 135

Der Flugplatz 143

Die Fotografien 149

»Das einfühlsame Porträt eines Jahrhunderts.«

Irene Binal, *Deutschlandfunk Kultur*

Als junger Mann wird der Sprengmeister Oskar Johansson bei einer fehlgeleiteten Zündung schwer verletzt. Seine Freundin bricht ihm die Treue, und er heiratet ihre Schwester Elvira. Die beiden führen ein bescheidenes, entbehrungsreiches Leben, damit der knappe Lohn auch für drei Kinder reicht. Trotz seiner Verwundungen kehrt Oskar zurück in seinen Beruf. Er wird politisch aktiv und glaubt an eine Revolution, die nie kommt. Als sein Wohnblock abgerissen wird, kauft er auf einer Schäre ein Saunahäuschen, wo er im Sommer leben kann. Henning Mankells erster Roman erzählt ein Arbeiterleben in der aufblühenden Industrie in Schweden und gibt den Benachteiligten eine unverwechselbare, eindrucksvolle Stimme.

Aus dem Schwedischen von Verena Reichel und Annika Ernst
192 Seiten. Gebunden. www.zsolnay.at